# 手のひらの幻獣

三崎亜記

集英社文庫

# 手のひらの幻獣——目次

本書は、二〇一五年三月、集英社より刊行されました。
文庫化にあたり、「屋上の波音」を加えました。

初出
研究所　「小説すばる」二〇一一年十一月号
遊園地　「小説すばる」二〇一三年十二月号〜二〇一四年二月号
屋上の波音　「小説すばる」二〇一五年四月号

# 手のひらの幻獣

# 研究所

ここは、檻《おり》に囲まれた場所だ。

こうして鉄格子の中から外の世界を眺めるようになって、もう十年以上が経《た》つ。

人々が檻の外から向ける好奇の眼差しを、晴れがましくもあり、後ろめたくもある思いを抱えて、私は受け止め続けた。

今日の檻は特別に頑丈だ。外の表示板には、「雄ライオンのエルフ　6さい」と書かれている。

ここは百獣の王、ライオンの檻なのだ。

もちろん、猛獣の檻に生身の人間が入り込んで、無事でいられるはずがない。ライオンはここにはいない。私が、ライオンを「出現させる」のだ。

――ライオンハ、食肉目ネコ科ノ動物デ、体長ハ約2・5メートル。体重ハ150キログラムカラ250キログラム。「百獣ノ王」トシテ知ラレ、オスハ勇マシイタテガミヲ持ツ。群レデ生息シ……

「表出マニュアル」のライオンの項を閉じ、腕時計に眼《め》をやる。

「開園まで、あと四十分……」

動物園側が用意してくれたパイプ椅子《いす》に座り、ライオンを「表出」する準備を開始した。動物のイメージを「表出」するには、マニュアル上、四つのプロセスがある。

まず第一段階として、ライオンの像を私の中にしっかりと形作らなければならない。誰しもが真っ先に思い浮かべる、勇ましいたてがみ。そのイメージを皮切りに、雄ライオンの全体像を、パーツごとに明確化する。しなやかさと獰猛《どうもう》さを兼ね備えた前肢。獲物に向けての瞬発力を秘めた後ろ肢。ネコ科の動物特有の強靭《きょうじん》さとしなやかさとを併せ持つ体軀《たいく》。そして、それら一切とは無関係とばかりに、自ら意思を持ったかのように揺れ動く尻尾《しっぽ》……。次々にイメージを心の中で具現化していった。

全体のパーツが出そろった所で、イメージを一つに組み合わせる。まずはライオンの輪郭を「下書き」し、その上にそれぞれのパーツを上乗せしてゆく。形、バランス、体色の微調整を繰り返し、私の中で、ライオンの「イメージ化」が定まった。

第二段階の「融合」は、四つの手順の中でも中核を成すプロセスだ。表出したライオンを思いのままに制御するには、私自身の意識としっかりと結びつける必要がある。マニュアルでは、「内なる自己と、表現対象との特徴をかみ合わせ、一体化させる」行為として定められている。

表出者だけが認識できる、意識の「内側」にある融合受容突起の凹凸と、ライオンの個性を司る受容突起の凹凸とを組み合わせてゆく。順序良く、根気良く、私にライオンを嵌《は》め込み、ライオンに私が嵌まり込む。ジグソーパズルの隣り合ったピースのように、隙間《すきま》なく。

受容突起の凹凸が、すべて噛《か》み合うわけではない。どうしても嵌まらない場合は、「私」の内側か、「ライオン」の突起のどちらかを一時的に「削り」、表出を解く時まで、意識の中の「保管庫」にしまっておく。

しかる後、二つの境界を「溶かす」。二つの意識の境界が意味をなさなくなる。私の意識がライオンに、ライオンの個性が私に流れ込み、分かちがたく結びつく。

ライオンの躍動が私の制御の下におかれる。融合の具合を確認するため、ライオンを一通り動かしてみる。しっかりと結びつけておかないと、表出者である私の意図を離れて勝手に動き出してしまう。

ライオンは大儀そうに狭い檻の中を歩き、次の瞬間、ネコ科特有の体重を感じさせない敏捷《びんしょう》さで、岩の上に飛び乗った。

「問題無し……」

この段階で、私自身の姿は、周囲からは見えなくなっている。一つの意識で二つの存在であるという矛盾に順応するための、人間の自己防衛反応であるとされている。

第三段階は、「対流域確定」だ。かつては「拡散」とも呼ばれていたこのプロセスは、表出したライオンを観客に観《み》せる影響範囲を確定する作業となる。「表出」の影響範囲は、無限に拡《ひろ》がるわけではない。私の表出力では、せいぜい半径百二十メートルほどだ。その外から見られたら、ライオンではなく私が座っている姿が露見してしまう。幸いこの檻は高台に位置しているので、遠くから見られる心配はない。一つだけ、北側に新しく建った高層マンションがネックだったが、事前の下見で動物園側に伝えていたので、その方角は予め板で塞《ふさ》いである。

私は「対流域」の範囲をおよそ五十メートルと見積もり、一気に「拡げた」。

そして最終段階、「固定《キープ》」を行う。表出したライオンを、観客に対して観せる上での仕上げのプロセスだ。

「固定」という言葉の印象とは違い、それは表出した対象を、限定された自由へと「解き放つ」ための最終調整となる。私はライオンを手綱一本で操る調教師となるべく、ライオンに「自由」を与える。

「準備完了……」

開園まであと十分。私はいつも通り、バッグから読みかけの文庫本を取り出した。職務怠慢に思えるかもしれないが、表出中はむしろ、気負うことなくリラックスしていた方がいい。いったん動き出せば、細かい動きの指示を与えずとも、私のイメージする行動パターンに従って、ライオンは自由に檻の中で過ごしている。

とはいえ、リラックスしすぎてうたた寝でもしてしまうと、制御が利かなくなる。ライオンの大きさが二倍になったり、檻から飛び出してしまう恐れもある。読書でもしているのが一番だ。

私の仕事は、動物園の檻の中で、実際にそこにはいない動物をイメージの力で出現させ、観客に「観せる」ことだ。それは「表出」と呼ばれる技術であり、心の中の生き物のイメージを具象化する力を持った「表出者」は、十万人に一人しか存在しないとも言われている。

十時ちょうどに開園のチャイムが鳴り、檻の前に見物客が訪れ始めた。

「ママ、ライオンさんだよ！」

「そうだね、立派なたてがみだね」

五歳くらいの女の子と母親が、仲睦《むつ》まじく顔を寄せ合って、ライオンの雄姿に眼を輝かせている。そんな姿を見るたびに、自分の仕事に微かな後ろめたさを覚えてしまう。誰にも見破られず完璧な動物の姿を観せる誇りと、純真な子どもたちを騙《だま》す罪悪感とがない交ぜとなる。

表出された動物の動きには、私自身の意識が色濃く反映される。

若い頃は、自らの「力」を発揮できる場所を得て、サービス精神旺盛に、動物を動かし続けたものだ。三十歳という年齢の節目が近づく頃には、檻の外の人々の幸せから、殊更に眼を逸《そ》らしていた。

そんな時代を過ぎ、三十四歳の私の表出するライオンは、恬淡《てんたん》として、狭い檻の中を巡回するようにゆっくりと歩き回っている。遮られることのない世界に恋い焦がれて、空を見上げることもない。

それは諦《あきら》めだろうか。順応だろうか。

私は姿を消したまま、檻に囲まれる見慣れた光景を、ぐるりと見渡す。


――私を囲む、「檻」……

かつては、一日の業務を終えて檻の外に出ても、何かが私を取り囲み、見えない束縛となって縛りつけているような気がしていた。今はその姿は消えてしまった。皮膚の奥深くに入り込んでしまった棘《とげ》のように。だけど、ふとした拍子に身体《からだ》の奥の深い場所で痛みが生じることがある。

◇

園内のスピーカーから、「蛍の光」のメロディが、もの寂しく響いてくる。檻の前から最後の観客が離れたことを確認して、ライオンの表出を「解除」する。単純に消せばいいわけではない。表出の四つのプロセスと同じくらい重要だ。

ゆっくりと、「解除」のプロセスを進める。動きを止めたライオンが次第にその輪郭をぼやけさせ、最後には溶けるように姿を失った。それと同時に、私の実体も姿を取り戻す。

「融合」の際に、噛み合わせが悪くて一時的に剝離《はくり》した融合受容突起を、「保管庫」から取り出し、元に戻す。

最後の仕上げに「内側」のクリーニングを行い、表出したライオンの残滓《ざんし》を、注意深く取り除いてゆく。車のエンジンオイルが走行と共に汚れていくように、疎《おろそ》かにすれば、残滓は澱《おり》となって蓄積してしまう。それはすなわち、表出者として活躍できる年月をいたずらに縮める行為でもあった。

「力の温存」など考慮せずに表出を繰り返す、ある人物の姿を一瞬思い浮かべてしまい、慌《あわ》てて首を振って心の隅に遠ざける。

動物園の展示担当者の奥田《おくだ》さんが、様子を見にやって来た。

「日野原《ひのはら》さん、お疲れさま。ごめんね、突然お願いしちゃって」

彼女は両手で拝むようにして、私に詫《わ》びた。

「これといって目玉のない動物園だからさ、せっかくの春休み期間中は、百獣の王に君臨していて欲しいじゃない。それなのにエルフったら、皮膚病で見るも無残な姿になっちゃってさあ」

雄ライオンのエルフは、来園者に見られないよう獣舎の奥で治療中だった。

「今日も良かったよ。やっぱり日野原さんにお願いすると、安心できるわ」

「ありがとうございます」

お得意様向けのお辞儀に、少しだけ親しみを込めて応える。

私の表出は動物園受けがいい。奥田さんは、技術が円熟したからと受け取っているが、それは単に私が、檻の中の動物と同じ達観と諦観《ていかん》を身に付けただけのことだ。

「それでね、少し相談なんだけど……」

彼女は、なぜか言い難《にく》そうに語尾を濁した。

「次回に頼む時は、山根《やまね》さんにお願いできるかな？」

「何か、私の表出に、問題がありましたでしょうか？」

奥田さんは、とんでもないというように、大げさに首を振った。

「ずっと日野原さんにお願いしたいんだけど、予算が、ね」

「ああ……」

その二文字を出されると、私は何も言い返せない。

「粗忽者《そこつもの》なので、ご迷惑をおかけするかもしれませんけれど……」

入社八年目ではあるが、まだまだ危なっかしい後輩を思って、私は問題児の担任教師になった気分にさせられる。

「予算を絞ったのはうちの方だからね」

担当者レベルでは太刀打ちできない現実を前に、彼女は悔しさをにじませる。山根君の派遣単価は、私の七割ほどだ。不況で得意先がどこも経費節減に励む折、技術の劣る山根君の出番が増えたのは、皮肉な結果でもあった。

◇

会社に戻ると、遅い時間だったこともあり、社内には誰も残っていなかった。長時間表出後の常で、後頭部に真空の隙間ができたような疲れが残っている。椅子に座って、しばらくぼんやりと、何を見るでもなく周囲を見渡す。

壁に掲げられたレリーフには、「表」の象形文字に五芒星《ごぼうせい》の縁取りが施されている。

表出技術の民間利用が許可された際の、立ち上げの五社の一つである老舗《しにせ》の証《あかし》だった。

戦前のこの国では、表出者はすべて軍の管理下に置かれ、本土決戦における隠し球として育成されていたという。戦後になって、凍結されていた組織化の権利を勝ち取ったのが、老舗五社だ。

五芒星は五社を表すと同時に、国家の介入を許さず、表出者の権利を守り続ける「自治・自浄・自由・自活・自省」の五つの理念を掲げたものでもあった。だが、今の若い表出者たちに、この五芒星の意味を知る者が果たして何人いるだろうか。

レリーフの上には、先代社長の写真が飾られている。入社した頃には既に亡くなられていた彼のことは、私はその写真でしか知らない。彼が今も生きていたら聞いてみたい気がする。様変わりした今の業界をどう思っているのかを。

一人の女性が、セキュリティを解除して、もの慣れた風に入って来た。私は慌てて立ち上がり、ぎこちなくお辞儀をする。

「お久しぶりです。奥さま……」

「もう！　そんなかしこまった挨拶《あいさつ》しないで」

彼女は、特別の存在として接していることを示す、打ち解けた笑みを浮かべる。

「今日は、彼は？」

「社長は、新規業務開拓ということで外出中です」

「新規業務開拓ねぇ……、どこに？」

ソファに座った彼女は、社長の立ち回り先の見当をつけるように、視線を宙に巡らせた。人に命じることを日常とする者の声音だ。

「それ以上は……」

言葉を濁す。もちろん知らされていないということもあったが、知っていたとすれば尚のこと、伝えるわけにはいかなかった。

「そうね、企業秘密よね」

自分から聞いておきながら、こだわる気はないようで、私の淹《い》れた紅茶の香りを楽しむように、カップを揺らしていた。先代社長の写真に向けられたまなざしからは、どんな感情も読み取れない。

「ねえ、柚月《ゆずき》さん。彼がいないから聞くけど」

改まった調子で切り出して、ソファから身を乗り出す。

「そろそろ彼と、昔の関係に戻る気はないの？」

「それは……」

答えようもなく俯《うつむ》いてしまう。どんな返事を用意できたにしても、彼女とすべき会話ではなかった。

ためらいの中身を吟味するように、私を見守る。貫き通す意志を表すように強めに引かれた眉《まゆ》の下で、その視線は、私と社長とのつながりそのものを見ていた。思わず眼を逸らしてしまう。

「ごめんなさい。私が口出しすることじゃなかったかしら？」

「そんなこと……」

その言葉にも、適当と思われる返事を用意できない。彼女の微笑《ほほえ》みは、私の恥じらいも気後れも、すべてを呑《の》み込むようだ。

「彼には今こそ、あなたとの『交わり』が必要なんじゃないかと思うの」

肩にそっと手が置かれる。触れた箇所から、間接的に社長の姿が伝わって来て、心に軽い風が起きる。

彼女は社長の妻。同時に、かつてこの業界で、我が社ハヤカワ・トータルプランニングと熾烈《しれつ》なシェア争いを演じてきた、ＳＫエージェンシーの社長でもある。

彼ら夫婦の間で、その競い合う関係は、どのように整理されているのだろう。ＳＫは、ことあるごとに横槍《よこやり》を入れてきた。二人の「ゲーム」は、真剣を使った殺陣《たて》のようなものだ。傍《はた》からは、本気で潰《つぶ》し合おうとしているようにしか思えなかった。

だけど、そんな人だからこそ、社長と夫婦生活を維持していくことができたのだし、彼女の支えがあってこそ、社長が社会と真っ当に関わる意思を持続できているのだろう。

私と社長の「関係」の復活を勧めてくるのも、そんな奥さまだからこそだ。

　ＳＫエージェンシーは、三年前、所属する表出者ごと業界から離脱した。とはいえ、彼女が社長を支える役目を放棄したわけではない。何か思惑があるのはわかりきっていた。

「日野原さんに会えただけでも良かったわ。さっき言ったこと、気にしないでね」

　そう言って奥さまは立ち上がった。彼女を見送り、再び私一人になった。彼女が残した社長の気配が、私の心をざわめかせる。

　社長との「関係」は、終わってはまた済《な》し崩しに始まるを繰り返した。最後に社長と「交わった」のは、二年も前のことだ。どうして今になって、そんなことを蒸し返してきたのだろう。

　何事にも動じない社長と、すべてを達観する奥さまの間で、私だけが、心を揺り動かされ続けている。社長と奥さま、そして私が立つ三つの頂点を持つ三角形が、ぐるぐると渦巻いていた。


「日野原さん、どうしました？」

　頭の中で考えていた人物が突然目の前に現れて、私は狼狽《ろうばい》してしまった。

「いえ、なんでもありません……」

　濃いサングラスの奥で、社長は私の狼狽の質を吟味するように、小さく首を傾《かし》げる。

だがそれも一瞬のこと。社長の意識はすでに「次」に向いていた。置いてきぼりにならないよう、気持ちを切り替える。それは諦めでもあり、順応でもある。社長に導かれてこの会社に入って、もう十二年が経つのだから。

社長室に向かう姿を追いかける。その後ろ姿も、昔とは違う。髪にはうっすらと、白髪が交じるようになっていた。社長も年を取るのだ。そんな人間的なこととは無関係だと思っていた社長も、時の流れには逆らえない。

執務机に着く社長と向き合う。冬の湖に張った厚みのわからない氷の上に立たされたような、不安定な焦燥が私を襲う。会社を率いる社長としての存在感はあり余るほどあるのに、一瞬目を離した隙にふっと消えてしまいそうな存在の不確かさだけは、昔から変わらない。

「奥さまがおいでになりました」

社長は特に反応を示さない。彼の感覚ならば、奥さまが来ていたことも、先刻承知だろう。

「何か言っていましたか？」

「いえ、近くを通りかかったからということで、特には……」

社長との関係の修復をほのめかされたとは、言えるはずもない。

「そうですか」

そっけない答えは、どう判断したかをつかませない。表情すべてを覆い隠す濃いサングラスが、寄り添うことも歩み寄ることも拒絶する。

机には、書類が山のように積み上げてあった。社長は今、表出力強化検討委員会のメンバーであり、安全委員会のまとめ役でもある。社長はもともと、そうした組織の動きには無頓着であった。なぜ突然方針転換したのかは、謎《なぞ》のままだ。

「SKエージェンシーの業界からの離脱は、表出力強化の件と何か関わりがあるのではないんでしょうか」

それは距離を置いたとも思えるし、堂々と横槍を入れるための布石とも取れる。

「いつものように、何か仕掛けてくる気でしょうね」

「いつものように、黙認ですか？」

過去、あからさまな妨害活動ですら、SKエージェンシーは平然と行ってきた。今までに会社が受けた被害は、人的にも金銭的にも甚大だ。業界を離れた今、彼女が何らかの妨害を考えているとしたら、我が社だけの問題ではなく、業界自体への宣戦布告とも言える。

「いつも通りです。そこに未来の均衡が生じるなら」

「均衡」とは、社長によってのみ見通せる先であって、同じ場所に立っていない以上、私にその未来が見えるはずもない。

表出力強化の動きも、本心から必要と感じているわけではないはずだ。名誉欲も金銭欲も虚栄心も、社長の心を満たすことはない。ただ、自らの持て余すほどの力を無駄使いする場を常に求めているだけだ。

「日野原さん、お願いがあるんですが」

直前の議論などすっかり抜け落ちてしまったかのように、彼の言葉は私の気持ちをすり抜けていった。

「……はい、何でしょうか」

「新研究所に書類を忘れてきました。明日の午後、代わりに受け取りに行ってもらえますか？」

◇

新しい研究所を訪れるのは初めてだった。

私が社長に出逢《であ》ったのは、二十二歳の頃だ。幼い頃からイメージのままに動物の姿を出現させてきた力が、「表出」という歴史と体系を持った技術であることを、社長に教えられたのだ。

自分が特殊ではあるが異端な存在ではないということを教えられ、技術としての表出の調整の仕方を学んだのが、旧研究所だ。懐かしい場所であり、人にはない力を背負って生きていくという孤独と自覚とを植えつけられた場所でもある。

「あ〜ら。柚月ちゃんじゃない。久しぶりね」

主任研究員の堀尾《ほりお》さんが、私を歓待してくれた。折り紙を広げたような不自然な折り目のついた白衣を着て、くせ毛の髪を整えもせず鳥の巣のように無造作に盛り上げている。男性ではあるが、女性のような喋《しゃべ》り方は昔からだ。

足元に、「私を忘れるな」とばかりに、甲高い声がまとわりつく。

「バジル、こんにちは。新しいお城の住み心地はどう？」

旧研究所に住みついていた毛足の長い白猫だ。堀尾さんのお気に入りなので、一緒に引っ越してきたのだろう。喉《のど》を撫《な》でてやると、満足そうに尻尾を振って歩み去る。ある じ然とした態度は、新研究所でも変わらないようだ。

「会社の皆さんは元気？　外山《とやま》さんは退職したんだったわね」

豪快かつ大雑把な表出を繰り出す外山さんは、業界では知らぬ者はいない。象よりも巨大なラクダを出現させたりと、古き良き時代を象徴する伝説の持ち主だ。そんな彼だからこそ、「内側」を擦り減らしてしまうこともなく、円満に職を退くことができたのだ。

「それで、今日はどうしたの？」

「社長にお使いを頼まれたんです。書類を忘れてきたからって」

堀尾さんは首を傾げ、研究者らしく分析する。

「そんなミスする人じゃないのにね。あの人も四十過ぎて年食ったたってことかしら。まあいいわ、せっかくだからお茶でも飲んでいきなさいよ」

「ええ。そのつもりです」

遠慮なく、私はソファに座った。事務員の女性が淹れてくれたお茶を手にした途端、扉から白衣を着た技官が顔をのぞかせた。

「堀尾主任、表出制御室の被験者の、反応チェックお願いします」

「んもう！　こんな時に限って」

堀尾さんは子どものように口を尖《とが》らせて、しぶしぶお茶を置く。

「ごめんね、ひと仕事終わらせてくるわ」

「ご一緒してもいいでしょうか」

私も、彼と一緒に立ち上がった。

「新しいオペレーションルームも見ておきたいし、話題の女の子も、そこにいるんですよね？」

オペレーションルームには、最新の設備が整っていた。

「旧研究所とは、比べ物にならないでしょ？」

感嘆のため息を漏らす私に、堀尾さんは満足そうに眼を細めた。

研究所は、表出者の技術育成・調整のための施設だ。業界の共同出資によって施設運営されていた旧研究所は設備も老朽化していたので、新研究所の建設は、堀尾さんたち研究者にとってはまさに悲願だった。

前面スクリーンの画像が切り替えられる。

「これが新研究所の目玉とも言える、表出制御室。表出者が、とんでもない力の表出体を操ることが可能になる、魔法の小部屋よ」

「自分の力以上の表出体を表出するってことですか？　いったいどうやって？」

表出者の意識に直接働きかけて、力を増幅させるということだ。旧研究所でも同様の実験は行われていたが、期待された結果は生じず、表出反応速度がわずかに速まったことくらいしか成果は得られなかったはずだ。

「仕方が無いわねえ、教えてあげるわよ」

堀尾さんは、恩着せがましく「謎解き」にかかる。スクリーンの画像が切り替わり、単一電池を巨大化させたような密閉容器が映し出された。

「制御室の直下に置かれている隔壁容器、通称『揺りかご』よ。あれが新研究所の秘密兵器なの」

「あの中には、何が入っているんですか」

制御の根幹をなす部分であるにもかかわらず、ひっそりと静まっている。

「驚かないでよ。……アレが入ってるの」

言葉とは裏腹に、彼は驚かせたくて仕方がないようだ。事実、私は期待に十二分に応えることになった。

「アレって……、もしかして、昔っから噂《うわさ》になっていた？」

「そうなの！　ついに国も存在を公式に認めたのよ」

「アレを覚醒させて、表に出すってことですよね。力を使わせて、暴走するって可能性はないんですか」

その力に関しては、どこまでが真実かもわからない噂が独り歩きしている。

「以前の研究所じゃ無理だったわね。ここの最新システムでは、二十四時間、状態のモニタリングが可能なの」

かつての戦争の際に軍部が利用しようとして叶《かな》わず、終戦後五十年以上封印されてきたのだ。それはすなわち、危険極まりない存在だからではないのだろうか。

「逆に言えば、覚醒させる態勢が整ったからこそ、世に出すことができるようになったのよ」

堀尾さんは、椅子に座った私の額に、人差し指を置いた。

「こうやって指一本で押さえられるだけで、立ち上がれなくなるでしょ？」

確かに、予備動作である身体のわずかな動きを封じられ、その後の「立ち上がる」まで行き着くことができない。

「それと同じで、制御室のシステムでは、アレを思い通りに操ることが可能なの」

「操るって……。いったいどうやって？」

「疑似的な融合受容突起で表出者と結び付けて、自分を通常の表出によって生じた表出体だと思い込ませるのよ」

「そうか。それで、噂の女の子の力を使うってことですね」

近年まれに見る表出力の持ち主が研究所預かりになったことは、会社でも話題になっていた。

「それじゃあ、表出者の制御下にあると思い込ませて、力を解放させて利用するってことですか」

「大雑把に言うと、そういうことね」

「危険はないんでしょうか」

「もちろんアレが本気で暴れだしたら、研究所なんかひとたまりもないわ。だから揺りかごには、まったく別の三つの安全策を講じているの。まず失敗は起こり得ないし、もしもの場合も最悪の事態にはならないような制御システムが構築済みよ」

「それならいいんですが……」

技術的なことは門外漢だ。わからないからこそ、漠然とした不安に襲われる。もちろん世の中のもの全てを、システムを理解した上で使っているわけではない。電子レンジの仕組みなど、家庭の主婦の大半は知りもしないだろうが、難なく使いこなしている。

「まあ、そんなことは私たち研究者に任せておけばいいのよ」

堀尾さんが肩をたたく。私の心配など杞憂《きゆう》にすぎないとばかりに。

スクリーンは、再び制御室に切り替えられた。

分厚い扉が開き、真新しい高校の制服を着た女の子が技官に連れられて姿を見せる。

彼女は従順に、測定器具や制御装置に取り囲まれたシートに座った。戦闘機やロケットの操縦席のような物々しさに、我々は旧研究所の頃からそのシートを「コックピット」と呼んでいる。もっとも、そこで操られるのは、表出者自身なのだが。

――どこかで会った気がする……

記憶の中を探る。あれは確か……、動物園。ヒノヤマホウオウを表出していた私を見つめていた女の子。

「思い出した！」

以前、地方都市の動物園で業務を請け負った際に、毎日のように見に来ていた女の子だ。動物園の飼育員の野崎《のざき》さんからは、ゆみちゃんと呼ばれていた。来園者すべてが何の疑問も示さない中で、あの子だけは、「私」の存在を無意識のうちに嗅《か》ぎ取っていた。

やはり彼女は、私と同じ力を持っていたのだ。

あれから七年が経ち、彼女はここに来た。それしか選択肢はなかったのだろう。社長が、らしくない失態で私をここへ向かわせたのは、彼女に引き合わせたかったからに違いない。

「あの子、ご両親は？」

堀尾さんがファイルをめくって、退屈そうに読み上げた。

「八歳で、両親が異変を確認。児童相談所を経て、文教庁《ぶんきようちよう》に通報。経過を見つつ、両親との生活を継続。定期的に上京させ、旧研究所にて表出測定を実施。成長と共に軋轢《あつれき》が修復不可能に。この四月からの高校入学と同時に、国が面倒を見ることになった……。まあ、ありふれた話ね」

表出者ならば誰でも、似たようなルートを辿《たど》るものだ。私は彼女の姿を、自身の若い頃と重ね合わせていた。

「制御システム、問題なく起動中です。測定開始します」

「はいはい、いつでもどうぞ」

堀尾さんが、操作パネルに手を伸ばす。

「もう、あの子とアレを結びつけるんですか？」

「まだ今は、実験前の予備検査って感じね。臓器移植手術前の組織適合性試験みたいなもの。抵抗なく影響し合えるかを測ってるところよ」

さすがに少し緊張した面持ちで、彼はレバーを操作した。

腹の底に、重い響きを感じた気がした。それが実際の感覚に生じたものなのか、それとも錯覚なのかを、咄嗟《とっさ》に判断することができない。

――まずいな……

表出者は、現実と疑似現実とのブレンダーだ。現実の地盤を揺るがされることは、自らが曖昧《あいまい》な世界へと迷い込む危うさを秘めていた。

「表出波適合、期待値以上の数値で推移しています」

技官が事務的に告げる。シートに身を預ける女の子は、特段の変化を感じさせず、じっと天井を見つめていた。身体のいたる所に取り付けられた測定端子から延びるコードのせいで、打ち捨てられた操り人形のように見える。

「彼女は、『つながっている』ってことはわかっているんですか？」

もしそうなら、どんな感覚なのか聞いてみたい気がした。

「それはないわ。アレと被験者の間をつなぐのは、表出者側からの一方的な命令回路だけ。意識同調ができるようには作っていないの。敢《あ》えてね」

「相互の意識のつながりがあった方が、操りやすいように思うんですけど」

「そりゃあアナタ、同調し過ぎた挙句、憑依《ひょうい》されちゃって暴走するなんてことになったら大変でしょ？」

堀尾さんは、言葉に含みを持たせる。

「本音を言うと、アレと被験者がどんな風に意識を通じ合わせるかっていうのはとっても興味深いんだけどさ。安全委員会が許さないからね」

新研究所建設にあたって業界がつくった組織だ。社長も委員の一人……、というより、社長が設置を強く提唱したのだ。

堀尾さんは、どんな変化も見逃すまいと、出力数値を睨《にら》んでいた。

「こりゃすごいわ。期待できるかもね」

「そんなに？」

「あの子はもともと、潜在使用領域が段違いに広いの。しかも、ただ広いだけじゃなくって、階層構造になってるのよ。だからこそ、今回の実験に使ってみることになったんだけど、ここまでとは思わなかったわ」

堀尾さんは、興奮を隠しきれない様子だ。

「これは、冗談抜きで楽しめそうね」

研究者ならではの冷徹さで、女の子を実験対象としてしか見ていない。

「まあ、今日は小手調べ。次からは本格的にやりますよ」

堀尾さんが出力を0にした。束の間の覚醒ののち、アレは揺りかごの中で、再び眠りにつくのだ。

内線電話で堀尾さんが事務局と話をする間、私は足元にすり寄って来たバジルをあやしていた。

「え、どうして？　空けておいてって言ったよね。何とかならないの？……んもう、気が利かないわね！」

彼は大げさに唇を尖らせて、受話器を投げ置いた。

「どうしたんですか」

「あの子が通うことになった高校の寮が、明日からしか新入生を受け入れていないの。それで今夜は、付属棟の研修施設に泊まってもらおうと思っていたんだけど、まだ管理人が手配できてないんですって。ホテルに宿泊させるにしても、高校生一人じゃねぇ」

堀尾さんは、「面倒ねえ、私のうちに泊めるわけにもいかないし」と言いながら、鳥の巣頭を無造作にかいた。

「それじゃあ、私のうちに泊まってもらいましょうか？　来客用の布団くらいはありますから」

「そりゃあまあ、そうしてくれるんなら、願ってもないけど」

考える仕草で唇の端に置いた人差し指を、忠告するように、私に向けてくる。

「表出者同士、あんまり深入りしない方がいいと思うけどね。まあ、これは単なる研究者の立場からのアドバイスだから、気にしないでね」

実験終了を待って、私は彼女を控室に出迎えた。

「こんにちは、ゆみちゃん」

彼女は一瞬だけ怪訝《けげん》そうに眼を細め、すぐに、かつて見知った相手にするように、表情をなごませた。

「……以前、動物園でお会いしましたよね」

私は眼を丸くしてしまった。

「覚えているの？　私のことを」

「すぐにわかりました。あの時、動物園で感じたのと同じだって」

強い力を持つ表出者は、特殊な記憶構造を持つとも言われる。記憶の断面に刻まれた凹凸に、目の前の私をあてはめて、一瞬で照合したのだろう。

「どう？　研究所は、もう慣れた？」

「まだ全然です。何も考えずに使ってきた力だから、戸惑うことも多くって……。言葉に慣れるのも大変です。特に専門用語に慣れないんですよね」

「いきなり融合だ、固定《キープ》だって言われても、戸惑っちゃうよね」

「マニュアルに沿った表出なんてやったこともなかったから、つい自己流で表出をしちゃって、堀尾さんに怒られちゃったり」

「マニュアルも膨大だから、覚えるのも大変ね」

それは「表出マニュアル」が、もう二十回以上も改訂を繰り返してきた結果だった。最初に作成された頃は、ほんの五ページほどの薄っぺらい冊子だったという。表出の手順も今のように四つに分かれてもおらず、イメージ化後のプロセスは表出者各自に任されていた。後になって、「融合」「固定《キープ》」などの手順が明文化されていったのだ。

今ではマニュアルは五分冊、合計二千ページを超すものとなり、すべてを読み通した者すらいない教典と化してしまっていた。

「ゆみちゃん。この研究所も稼働しだして日が浅いから、あなたに泊まってもらうはずの宿泊施設が、明日からしか用意できないそうなの」

彼女は不安そうに眼を瞬《しばたた》かせる。

「それでね、よかったら今夜は、私のうちに泊まらない？」

「でも……、いいんですか？」

両親に持て余され、行き場を失った記憶が蘇《よみがえ》ったのだろうか。備え持つ力とは裏腹の、気弱な表情を覗《のぞ》かせる。

◇

会社に事情を話して直帰する旨を伝え、バスと地下鉄を乗り継いで、私の部屋に二人で向かった。ゆみちゃんは、2LDKの私の住まいを、遠慮がちに見渡した。

「柚月さんは、ずっと一人で首都に？」

「ええ。大学生の頃からね。何回か引っ越しをしたけど、もう一人暮らしをしだして、十五年以上経つのかな」

「そうなんですね……」

きっと、自らの将来に置き換えて見ているのだろう。彼女もまたこれから、「一人で」生きて行くのだから。

お風呂から上がった彼女は、スウェット姿で髪を乾かしながら、今後のことをぽつぽつと話してくれた。

「全寮制の女子校を紹介してもらったので、そこに入ることになりました」

新しい生活に、彼女は淡々と自分をなじませようとしていた。

「ご両親は、どうしてあなたの力に気付いたの？」

「私、結構うまく隠し通してきたんですよね。自分は他の子とは違うんだってわかって

たから。専門用語で、幻出……でしたっけ？　それも、人前では決して使わないように
って注意してきたんです」

力の初期発現期に特有の「幻出」という状態がある。幻出では、出現させた動物は自分自身にしか見えないし、本人の姿が消えることもない。それは幼い心ゆえの柔軟性と、未発達な自我によるものだ。

幼い心は、自分だけに見える存在というものに、疑いを抱くことはない。それよりも、自分だけに見えることに、より強い結びつきを感じ、その存在を守ろうとする。結果、幻出された動物は消えることもなく、よりはっきりと、その子のイマジネーションの中で生きていく。

幼少期の幻出の力は、自我の目覚めと共に、ほとんどの子どもから消えてしまう。幻出の力を失わないまま、表出へと力を開花させられる者は、ほんの一握りだ。

幻出では、自己と表出体との「境目」があいまいだ。成長した自我では、自分と、表出された動物とが一体であるという感覚を維持し続けることが難しくなる。そこで、幻出の力は失われてしまうのだ。

私たち表出者は、幻出した表出体を自分から切り離し、自己と別箇の存在として「動かす」きっかけをつかんで、力を進化させた者たちだった。

幼い私の「進化」は、遊園地で起こった。

その日私は、両親に連れられて、町はずれの丘の上にある小さな遊園地に来ていた。笑顔の両親と手をつないで、私は幸せだった。幸せは、幼くコントロールしがたい力を、容易に増幅させ得る。

「あたし、メリーゴーランドに乗りたい！」

かぼちゃの馬車に座る両親に見守られて、私は白馬の背中によじ登った。

表出者とは、表現者であると同時に調教者でもある。

自我の目覚めと共に、幻出によって生じた動物が、自らの「操作」を超えて動き出す瞬間がある。表出を維持するには、表出対象の自由に任せながらも手綱を離さない、一種の「調教」をする意識が必要になる。御しきれなければ、そこで「力」は失われる。

メリーゴーランドが動きだす。機械的に上下に揺れる白馬の首にしがみついた私の心は、草原を自由に駆け回る駿馬《しゅんめ》そのものになって躍動し、同時に、騎手となって暴れ馬を手綱一本で操る冷静さを兼ね備えていた。

その瞬間、幻出から表出へと、力が進化したのだ。つまりメリーゴーランドに乗ることは、私が「力」を進化させる上で、うってつけの経験だったということだろう。

心に思い描いた白馬が表出体となって出現し、私はいつの間にか、姿を消していた。成長した自我と、表出対象の意識とを切り分けるための、自然反応である。突然出現した「本物の」白馬に、メリーゴーランドはパニックに陥った。

「柚月、まさか、あなたが……」

あの瞬間の両親の、恐怖に引き攣《つ》った表情は、決して忘れることができない。

それ以来、私はずっと両親の前で力を封じ、感情を殺してきた。目の前のゆみちゃんは、その頃の私と同じ表情をしていた。

「幻出から表出への力の変化も受け入れて、他の子と同じように暮らしていたんです。だけどやっぱり、咄嗟には制御できなくって……」

「両親に、何かを見せちゃったのね」

「暴走車が突進して来たから、思わずライオンを表出して、両親に襲いかからせて避けさせたんです。両親には怪我《けが》一つなかったんですけど、私がライオンをけしかけて、事故に遭わせようとしたって思われてしまって……。それ以来、関係がぎくしゃくしちゃって」

両親を救うために使った力が、実の娘が異端であることを見せつけた。力は万能ではない。人の心の隙間すら、埋めることができない。

「ご両親を、恨んでる?」

ゆみちゃんは、少し考えるように俯《うつむ》き、首を振った。

「もし私に子どもがいて、自分みたいな力を持っていたら、どう育てていいかわからないだろうし、不安になっちゃうのはわかります。だから、恨んだりはしていません」

「私は、ゆみちゃんの年でそこまで達観はできなかったな」

「柚月さんは、この仕事を何年続けてきたんですか」

「そうね、もう十年以上になるかな」

改めて、長くも短くも思える月日を思う。日々は積み重なってはいない。私はただ昨日から今日へと、波間の藻屑《もくず》のように漂ってきただけだ。

「私も、柚月さんみたいになれるのかな？」

「大丈夫。ゆみちゃんは、私が同い年だった頃よりも、ずっとしっかりしているし、自分の力のこともわかってるわ」

「そうですか？」

彼女は少しだけ元気を取り戻したようだった。

「あの、柚月さん。私が受けている実験って、何をやっているんですか」

「堀尾さんは、何も教えてくれなかったの？」

ゆみちゃんは、神妙な顔で頷《うなず》いた。被験者には、実験前に充分な内容告知を行うよう定められているが、研究優先の堀尾さんは、いつもそれを怠りがちだ。

「あれはね、表出実体の力を使って、ゆみちゃんの力を増幅させる実験なの」

「表出実体……って、何ですか」

ゆみちゃんは、言葉の意味を探るように首を傾げた。

「私たちの表出する動物って、表出を解くと消えちゃうでしょう？　だけど、消えることなく残り続けたのが、『表出実体』なの」

超級クラスの表出者が、自分の「力」すべてを注ぎ込んで生み出した存在。それが表出実体だ。表出者の命と引き換えに生まれた表出実体は、イメージだけの虚像としてではなく、「実体」として現実世界にとどまり続ける。

「あの戦争」の際、秘密裏に生み出され、絶対零度で凍った形で封じられているというのは、表出者の間では半ば公然の秘密だった。しかもその表出実体は、戦時中の過酷な人体実験で生み出された結果、表出者の力をそっくりそのまま受け継いでいると言われていた。

もし、ゆみちゃんが思いのままに操れるとしたら、表出実体の強大な力を、自由に行使できるということだ。

「それじゃあ、ずっと昔に、誰かが表出した存在なんですね」

「この国にも、それだけ強力な表出者がいたってことね」

それが誰かはわからない。重要国家機密として隠されているのか、国自体もわかっていないのかは知る由もない。

「表出実体かぁ。どんな姿をしているんだろうな」

「ゆみちゃんの実験が成功すれば、表出実体がどんな存在なのかが、はっきりするでしようね」

彼女は、まだ見ぬ姿を思い描くように宙を見上げた。そこに怖《おそ》れが無いのは、無知ゆえか、それとも幼さゆえか。

表出実体は、私たち表出者の間で、長い間恐怖の対象として語り継がれてきた。生み出された途端、戦艦や潜水艦にも用いられていた特殊合金製の檻を一瞬にして破壊し、研究者や当時の一級表出者たちに襲いかからんとしたというのだから当然だろう。

戦時中のことだけに、危機対応は早かった。軍隊の一個師団が応戦し、迫撃砲や戦車までが鎮圧のために駆り出されたらしい。

実戦さながら……、いや、それはまさに命がけという意味で、実戦そのものだっただろう。南洋州以外でも本土決戦が行われたという消えることのない都市伝説は、この対戦があまりにも激烈で、一般人からすれば意味不明のものだったからだろう。

一個師団がほとんど殲滅《せんめつ》されながらも、封じ込めに成功したのは、表出実体が生み出されたばかりで、外の世界の知識が何も無い状態だったことが幸いしたと言われている。

それ以来何十年も、表出実体は封印されたままだ。

「表出実体って、意思は持っているんですか？　五十年以上もずっと、閉じ込められ続けているんですよね。もしかしたら、すごく人間を恨んでいたりして」

「どうだろう。それは姿を現さないとわからないわね」

戦後十年が経った頃、表出実体を解放しようという動きがあった。その中心になったのは先代社長、すなわち現社長の実の父親だった。

統治権限が戦勝国側から我が国へとようやく移譲され、戦勝国が同盟国へと位置付けを変えたばかりの頃だ。同盟国側の意向とは命令に等しかった。表出実体は戦前の文治《ぶんち》省《しょう》から暫定統治機構、文教庁へと引き継がれ、四十年以上、何処とも知れぬ場所で眠り続けていたのだろう。

だけど、そんな無用の知識をつけさせて、彼女の心を不安定にするわけにはいかなかった。

「さあ、明日も実験があるんでしょう？　早く寝ましょう」

ベッドの横に来客用の布団を敷いて、そこに寝てもらう。

「せっかく授かった力なんだから、自分のためにも、みんなのためにも、役立てられたらいいな」

「そうね……」

優等生すぎるつぶやきに、私は少しだけ不安を覚えてしまう。

◇

「日野原さん」

遠慮がちな声で呼ばれ、顔を上げると、声の主と正面から見つめ合ってしまった。

「社長がお呼びです、二人で来るようにと……」

高畑《たかはた》さんは複雑な感情を呑み込むように唇を噛み、すぐに背を向けた。わざと一歩遅れるタイミングで、彼の後を追う。

社長は「執務中」だった。とはいえそれは、一般的な仕事の風景ではない。机の上には、「表出マニュアル」の第二十二次改訂版が置かれていたが、椅子に社長の「姿」はない。

その代わり、机の上にはチンパンジーが鎮座し、部屋の隅の書棚の上からは、イヌワシが獲物を狙《ねら》う眼を光らせている。社長が、二体の動物を同時に表出しているのだ。姿を消した社長が、マニュアル書をひろげ、ぱらぱらとめくってゆく。動体視力が高いイヌワシに速読させ、短期記憶に優れるチンパンジーを脳の外部記憶として利用する。その手法で、分厚い専門書ですら、社長はほんの数秒で読みこなし、記憶してしまう。

「新研究所の開所式まで、施設警備を担当することになりました」

仕事の手を「休めない」まま、社長は切り出した。すでに新研究所は稼働しているが、一ヶ月後に来賓を招いて行われる開所式が、正式な稼働開始日とされていた。

「施設警備は、常駐している警備会社の役目では？」

先日訪れた際にも、旧研究所とは一変したものものしい警備体制に驚かされたものだ。

「もちろん我々が行う警備は、表出を使ったものとなります」

「つまり、『天蓋《てんがい》』ということですね」

高畑さんの言葉に、社長は姿を見せないまま同意したようだ。

「表出実体が覚醒している間、外部から良からぬ表出波が飛ばされ、悪影響を受けないとも限りません。これは安全委員会での決定事項ですから、拒否することはできません」

安全委員会のまとめ役は社長であり、つまりは社長自身の決定ということだ。

「二人で、業務にあたってもらえますか」

「二人で、ですか？」

経費節減の折、単純な警備業務に表出者が二人で赴くなど、考えられなかった。

「天蓋を一人で行うには、建物が大きすぎます。二人が適当でしょう」

社長はそっけなく、二人で従事する必要性について話す。

「明日の午後二時から、第一回の表出実体の覚醒実験が行われます。まずはそこで、警備業務に就いてください」

次の瞬間、社長はもうこの件への興味を失い、完全に意識を切り替えてしまった。会社の業務に加え、表出マニュアル改訂委員、表出力強化検討委員、安全委員等を兼任しているのだ。これ以上、時間を取るわけにはいかない。

記憶作業を終えたチンパンジーが、我々を追いたてるように、歯をむき出して威嚇《いかく》する。

二人で社長室を辞し、廊下でぎこちなく向き合う。

「日野原さん、よろしくお願いします」

「はい……」

一緒に仕事をする以上、今までのように見ないふりをし続けるわけにもいかなかった。

「それにしても、ちょっと大げさな気がしませんか」

あまり納得していないというように、高畑さんは首を傾げた。

「万全を期して、ということなんでしょうけど……」

とはいえ、不安要素が無いわけではなかった。

「ＳＫエージェンシーが業界を離れたことが気がかりなんですが」

微妙な表情になる。彼は一時期、ＳＫとつながりがあったのだ。

「業界を離れたということは、この業界には興味を無くしたと考えていいんじゃないでしょうか。気にしなくていいと思いますが」

「そうだといいんですが」

「とりあえず、やってみましょう」

「はい……」

後ろ姿を見送り、自然に小さくため息が漏れる。高畑さんが入社して二年が経つ。私はまだ、彼と打ち解けて話せるようにはなっていない。「閉架図書の暴走」事件で、私を策略にはめた相手だからだ。

六年前、地方の町立図書館で、我が社は夜間開館業務を請け負い、私が派遣された。かつて「本を統《す》べる者」と呼ばれていた図書館の「野性」を目覚めさせ、人々に「本の飛翔」の様子を見せる業務だ。

その際、図書館の職員として勤務していた高畑さんは、ＳＫエージェンシーの意を受けて私に近づき、「図書館調教マニュアル」の情報を盗み取った。老舗五社だけで独占する図書館夜間開館事業に風穴を空けるためだ。

高畑さんは本に無謀な調教を行った結果、「閉架図書」の怒りを買って意識を乗っ取られた。危うく多くの人々を巻き込む殺傷事件に発展するところだったのだ。

あの事件は、私たち表出者の在り方に一石を投じた。閉架図書の暴走は、高畑さんの境遇と、閉架書架の図書たちの意識がシンクロしてしまったことによる「オーバーロード」と認識されていた。意識を乗っ取られてしまうのは、表出力行使においては致命的だ。

だけど考え方を変えれば、それは表出者が、自らの潜在能力以上のものを身に付けた状態であるとも言える。制御することさえできれば、力以上の表出体を出現させ、意のままに操ることができるのだ。

高畑さんの事件を機に、業界は「上級表出体との同化による飛躍的な表出力向上」という新たなステップへと舵を切った。それは久々に、進歩ではなく、進化と言える出来事だった。危険は大きい。だが、リスクを冒さなければ、業界の未来が先細りすることも確かだ。

図書館での事件後、業界を大きく動かしたのは、社長自身だった。先代社長が培った、「五芒星」の理念を捨て去ってまで、文教庁の管理下に入ることを強引に推し進め、体質改善を図ったのだ。当然、反発も大きかったが、そうしなければ、長年の懸案だった新研究所の建設には着手できなかっただろう。

動物の表出という単純明快な業務の遂行だけで済んだ古き良き時代はとうに終わり、業界は新たな一歩を踏み出そうとしていた。

社長は精力的に動いている。だけどそれは、目的を達成することに意義を見出しているからではない。ただ、向かう所のないまま無尽蔵に出力される力のあて所を、常に求めているというだけのことだ。そう、今まではそうだった……。

今回の動きは、今までとは違う。何かまったく別の目的があるのではないか。それは社長の巻き起こす理不尽に、諦めと順応によって慣らされた私だけが覚える違和感だろう。

結果的に、高畑さんの失敗が我々の業界に大きな変化をもたらした。そう考えると皮肉なものだ。あの時、閉架図書から感じ取った、底知れぬ「闇《やみ》」。それは、いたずらに我々が手を染めてはいけない領域があるという警告にも思えていたのだから。

彼の後ろ姿に、別人の姿を重ねてしまい、慌ててその想像を追いやった。私が彼を避けているのは、昔の軋轢のせいばかりではない。彼の話し方や物腰が、どことなく社長と似ているからだ。

◇

「あ〜ら、今日はどうしたの？　珍しい組み合わせね」

堀尾さんは私と高畑さんを面白そうに見比べた。過去のいきさつは充分承知の上だ。

「開所式まで、表出実体の覚醒実験時にはうちが警備にあたるって、管理部から話が来ているはずですけど」

「ああ、そんなことも言ってたっけ……」

　ささいなことを思い出すような、気の無い返事だった。

「委員会も大げさね。天蓋での警備だなんて。この研究所の防御システムに綻《ほころ》びはないのに」

　システムへの不信が許せないのか、大げさにむくれてみせる。

「ゆみちゃんの調子は、どうですか」

　堀尾さんはすぐに機嫌を直し、親指を立てた。

「いい調子よぉ。下手に成長する前に研究所に迎えられてよかったわ。扱いやすいし。開所式では、来賓をあっと言わせてみせるわよ」

　実験対象としてしか見ていないようでわだかまりを覚えるが、立場の違いと割り切らなければならないだろう。

「何をさせるつもりなんですか」

「表出実体を、来賓の目の前に出現させようと思ってるの。新研究所の性能を見せるには持ってこいでしょう？　ゆみちゃんの力を知らしめることにもなるし、一石二鳥ってことね」

「それって、大丈夫なんでしょうか」

「大丈夫って、何が?」

きょとんとした表情には、私の気がかりが通じた様子はない。

「だって……、表出実体はあんまり凶暴すぎて封印されていたんでしょう? いくら制御が可能になったからって、来賓の前に出現させるだなんて……。制御システムが絶対安全だって保証もないんだし」

堀尾さんは、年寄りの繰り言を聞かされたようにうんざり顔だ。

「だからこそ、これから実験を重ねていくんじゃない。大丈夫、この制御室はびくともしないわ」

「それならいいんですが……」


高畑さんと研究棟の屋上に向かう。天蓋による警備業務を行うには、建物全体を見渡せる場所の方が都合がよい。

「実験開始まで、あと三十分。そろそろ準備に入りましょうか」

高畑さんは、遠慮がちに私を促した。

「天蓋は、『接合』という形で大丈夫ですか」

「はい……。社長も、そのつもりで二人を派遣したんでしょうから」

高畑さんが東側半分を、私が西側半分を担当することにした。

「天蓋」とは、正式には「天蓋形成ニヨル接触感知」とされる手法だ。

――天蓋形成ニヨル接触感知トハ、待機状態ニアル融合受容突起ヲ天蓋状ニ膨ラマセルコトニヨリテ該当警護物ヲ覆イ、異ナル表出波ノ気配ヲ感知スルモノ也……

「表出マニュアル」に従って作業を進めた。まずは通常の表出手順と同じ、第一段階の「イメージ化」だ。

「では、基準表出をしましょうか」

基準表出とは、複数の表出者が表出を合わせるにあたって出現させる、最も基本的な動物だ。国ごとに定められているが、身近に飼われている犬であることが多い。この国では、それは柴犬だった。

最も表出が容易な動物だけに、二人とも十秒足らずで柴犬の「イメージ化」を完了させる。

「それでは、融合準備に入りましょう」

「はい」

私自身の「内側」から伸びた融合受容突起と、柴犬から伸びた受容突起とが、互いの結びつく場所を求めて引き付け合い、結びつこうとする。

「表出消去します」

第二段階の「融合」に入る直前で、融合の相手である柴犬のイメージを消去する。融合前なので「内側」が損なわれることもなく、蠟燭《ろうそく》の火に息を吹きかけたように、柴犬は一瞬で消え去ってしまう。

当然、融合しようとして心の「内側」から伸びた受容突起は、宙ぶらりんになって行き場を失う。

「それじゃあ、『接ぎ』ますよ?」

「はい、どうぞ」

——複数人ニヨリ天蓋ヲ形成スル場合ハ、接合ヲ行ウベシ。融合時ノ受容突起ニヨリテ、互イノ表出波ヲ隙間ナク結ビツケルコト……

生じた受容突起同士を、隙間なく結びつけなければならない。頭蓋骨の継ぎ目をイメージするとわかりやすいだろう。マニュアルに従って、二人の表出波を寄り添わせる。高畑さんの受容突起が、私のそれに「触れる」。

「あっ……」

本能的に身震いしてしまった。受容突起が激しく揺れ、高畑さんの受容突起を弾き飛ばす。疑似的な痛みが生じたのだろう。彼が一瞬、息を詰まらせた。

「ごめんなさい！」

「……大丈夫です。もう一度やりましょう」

取り繕った声だったが、自らが拒絶されたのは、肌で感じたはずだ。

何度も試してみたものの、合わせようと意識しすぎることが仇《あだ》となってうまくいかない。ジグソーパズルの隣り合わないピースを無理やり嵌め込もうとするようなものだ。

これ以上やると、互いの「内側」が損傷してしまう。

「仕方ないですね。『接ぐ』のは諦めましょう」

「そうですね……、すみません」

「いや、日野原さんのせいでは……」

言葉を濁されることで、かえって罪悪感が募る。

次善の策として、二人それぞれに天蓋をつくって、各自で警備業務を行う。表出の第三段階にあたる「対流域確定」で、表出波の影響域を広げる。受容突起を伸ばしたままの表出波を下から押し上げる要領で意識を向けて、表出波をドーム状に膨れ上がらせる。

そうして生じるのが、表出波による「天蓋」だ。天蓋表面に生じさせたままの受容突起は、波の中で漂うイソギンチャクの触手を想像すればわかりやすいだろう。突起は常に融合すべき相手を探し続ける。すなわち、外部から表出波が飛んでくればすぐに感知できるレーダーとなる。

二人の天蓋を重ねることができなかったので、どうしても隙間が生じる。そこから未知の表出波に侵入されたとしても、把握できない。警備としては万全ではないが、やむを得なかった。

離れた場所で、高畑さんも自らの表出を整えたようだ。天蓋を個別に張る場合、互いの対流域に入ることはできないので、私と高畑さんは、屋上の両端に離れて、互いに干渉しないようにしなければならなかった。会話するのもままならぬ距離が、今はかえって幸いする。

天蓋を張って、改めて気付かされる。研究所の防御システムの硬さに。まるで鋼鉄のシャッターを、薄いビニールで覆って保護しているような気分になってしまう。

安全委員会への報告書には、天蓋の接合ができず、個別に警備業務を行ったことを記して提出した。社長はアドバイスをするわけでもなく、担当を替える話も持ち上がらなかった。

——どうして、何も言わないのだろう？

いっそ叱責《しっせき》するなり、業務から外すなりしてほしかった。

普段ならば社長はすぐに的確な対処をするはずだが、今回に限っては、問題は放っておかれた。尋ねようにも、社長は前にも増して安全委員会を軌道に乗せることに奔走しており、ささいなことで心を煩わせるのも気が引ける。

二回目の業務でも、高畑さんとの連携はうまくいかなかった。月に一度の不安定期だったこともあって、業務終了後、私は高畑さんと会社に戻らず、直帰することにした。惰性のような動きで電車に乗り、駅からの道を辿り、マンションへと辿り着く。

ポストにたまったチラシを捨てていたら、珍しく私信が一つ、手に残った。乱雑に捺《お》されたスタンプが、数回の転送を経て手紙が辿り着いたことを示していた。スタンプが、随分昔の私の住所を覆い隠すようだ。だが、記された手書きの文字は、裏返して差出人を確認しなくとも、すぐにわかった。その筆跡は、私の文字とよく似ていた。

◇

「日野原さん……」

高畑さんの声が、奇妙に遠く響く。水に潜っていて、水面から呼びかけられたように、その声はくぐもって聞こえた。

——ここは……?

自分の置かれた状況への認識を、少しずつ取り戻す。ここは、研究棟の屋上。警備業務のために、天蓋を……。

「日野原さん、どうしました？」

声が遠いのは、距離のせいではない、私が「溺《おぼ》れて」いたからだ。


――天蓋ヲ形成スル際ハ、自家中毒ニ注意スベシ……


表出波は天蓋内に対流し続ける。自分の表出波に取り込まれた形で、長時間を過ごすことになる。そのため、定期的に対流域を拡げて、表出波を天蓋の外に排出しなければならない。さもないと自己の表出波によって、自家中毒の症状を起こしてしまうのだ。もちろんそんな初歩中の初歩のミスは、普段ならば犯しようもない。情緒不安定になっていた私は、知らぬ間に濃い表出波を発していたようだ。

水の中で呼吸をしようとあがくように、私は必死にもがき続けた。もちろん単純に表出を解けば、取り巻く表出波も消え去る。だが、冷静になれば足がつくとわかっている場所でも、パニックに陥れば人はたやすく溺れてしまうものだ。

なす術《すべ》もなく、私の意識は現実から遠ざかった。

水の中から、ゆっくりと浮かび上がる浮遊感。社長との「交わり」にも似ていた。だが、決定的に違うことが一つだけあった。太陽の光が近づいたかのような温かさと、包みこまれるような安心感。社長とは違う、社長とは……。

不安なようで、安心なようで……。私は、ひとしきり泣いた後にしゃくりあげる幼い子どものような、奇妙な満足感に浸っていた。

認識を取り戻した私は、ぼんやりと空を見上げる。私を取り巻く「天蓋」は、消えてしまっていた。

「良かった……」

高畑さんの声が、すぐ後ろで聞こえた。安心感の源に気付かされる。背後から抱きかかえられていたのだ。慌てて立とうとする私の肩に手を置き、彼は半ば強引に座らせた。

「ちょっと荒療治だったからね。もうしばらく、安静にしておいた方がいい」

彼は、額にうっすらと汗を浮かべていた。

「高畑さん、まさか？」

その先を言葉にすることができない。自家中毒からの復旧の仕方は、彼に尋ねずとも、私も学んでいる。

――天蓋形成時ノ自家中毒ニハ、他ノ表出者ノ助力ニヨリテ、天蓋内部ノ表出濃度ヲ希釈スルコト……

つまり、他の表出者の力を借りることで、表出波の濃度を薄めるわけだ。さほど難しいことではない。問題は、高畑さんも天蓋の表出中だったということだ。彼が自らの表出を解いて私を助けた以上、解除のプロセスを手順を追って済ませる余裕はない。パソコンの強制終了と同じようなもので、彼の内側は少なからず削れてしまったはずだ。

「高畑さん。どうして……？」

私は、同僚である彼を、過去の一件以来、ことさらに無視してきたのだ。

「日野原さんには、一度、助けてもらっていますから」

さりげなく言って、高畑さんは、私に気を遣わせまいとするように笑った。つられて私も、泣き笑いのような表情を浮かべてしまう。

「何か、原因がありそうですね？」

遠慮がちに、彼は尋ねて来た。助けてくれた彼に、隠すわけにはいかなかった。

「両親からの手紙が届いたんです。読んでいないから、何を言ってきたのかは、わかりませんけど……」

私の押し出した言葉から、彼は察したことだろう。

「ご両親とは、うまくいっていないんですか」

私は言葉を呑み込んだ。表出者なら大なり小なり経験してきたであろう、両親＝非表出者との確執は、それこそ百人百様だ。

「どうでしょう。もう十五年以上、会っていないから……」

大学入学と同時に首都に出て、自力で大学に通い、卒業後は小さな会社の事務員として働いていた。そして、社長に出逢ったのだ。

上京前の軋轢、諍《いさか》い、行き違い……。今思えばどれも、どちらかが一歩歩み寄れば解決したことばかりだ。すでに化石になってしまったわだかまり。私はその手触りだけを確かめながら、両親を遠ざけているだけなのかもしれない。

「親子の関係に、僕が口出しをするわけにはいかないけれど……」

高畑さんは、今までの私に遠慮した喋り方から、すこしだけ親しみを込めて笑いかける。

「時間だけが解決してくれることも、あるかもしれないよ。十五年っていう月日は、充分それに値するんじゃないかな」

彼は私の頭にぽんと手を置いた。社長とは違う温かさが、私に触れた。戸惑いながらも、認めざるを得ない。その感覚を、私が好ましく思っていることを。

◇

「もう一度、二人での天蓋を試してみませんか？」

高畑さんが切り出す。私が「溺れて」から三日後の警備の日だった。その表情には、今までにない期待と自信が垣間見える。

私は小さく頷いた。「基準表出」「融合準備」「表出消去」までを、それぞれで行う。

「それでは、『接ぎ』ますよ」

「はい」

天蓋表面の受容突起を、互いに引き伸ばす。以前のような悪寒が伴うこともない。私は肩肘《かたひじ》を張らずに、「彼」を迎え入れた。ゆるやかな波に浸される感覚にも似て、高畑さんの受容突起が、私に覆い被さる。求め合い、せめぎ合うような動きの後、互いが互いに嵌まり込む。

不思議な感覚だ。自分自身では決して触れることのできない身体の内部……、内臓同士が触れ合っているようで、ぎこちなく、どこかもどかしい。

——違う……

私は再び、社長と比べてしまっていた。

歩調を合わせての表出など、社長とは望むべくもない。社長の表出を、暗闇を突き進むジェットコースターとするならば、彼はまるで、陽だまりの観覧車だ。ゆっくりと二人で上ってゆく。

接合はうまくいった。あっけないほどに。むずがゆいような思いで、苦笑いを浮かべてしまう。表出中なので、互いの姿が見えないのが幸いだった。

「隣の建物は何なんだろう？」

うっそうと茂った木立ちに埋もれるようにして、四階建ての陰気な建物が見え隠れしている。

「国の施設だったみたいですね。今は使われていないようです」

旧研究所は私も足繁く通っていたこともあって、周囲にもなじみがあった。だが、この場所への移転は表出力強化検討委員会の一存で決まったので、周辺情報にも疎かった。

「高畑さんは一時期、ＳＫエージェンシーに属していたんですよね？」

「ええ、あの図書館での失態のせいで、縁は切れましたが」

さりげない風を装ってはいるが、その口ぶりは、まだあの事件が、彼の中で「過去」となってはいないことを物語る。

「ＳＫって、どんな社風だったんでしょうか」

ＳＫエージェンシーは悪名ばかりが高まり、その実態は業界でも秘密のベールに包まれている。

「とにかく、業界のタブーをすべて打ち破ろうとしてきた会社でした。老舗の五社を出し抜くためなら、抜け駆けも横紙破りも厭《いと》わずやれと社員は発破《はっぱ》をかけられていましたよ。まあ、問題もいろいろ起こしはしましたが……。疎まれながらも業界を追い出されることもなく、老舗五社に次ぐ位置にまで上り詰めたのは、あの鉄の女とも言われる女社長だからこそ成し遂げられたことでしょうね」

「謎の女社長」として名高く、彼女がハヤカワ・トータルプランニング社長の妻だとは、業界でも知られていない。もっとも、常に対立し続けて来た二社の社長が実の夫婦だとは、誰も信じないだろうが。

「禁止された並列表出ですら、あの社長は推進派でしたから」

複数の表出者を夢遊状態に置き、催眠誘導の形で同時に表出を行う技法だ。力を完璧《かんぺき》に均等化し、表出タイミングを合わせることができるので、個々人の力を超えた存在を表出できるものと期待され、同盟国が中心となって研究が進められていた。

この国でも、本格的な導入に向けて議論が開始された時期はあったが、人格を軽んじた表出プロセスに激しい反対運動が巻き起こり、マニュアル改訂の俎上《そじょう》に載せられることもなくお蔵入りとなった。だからこそSKは業界を離脱したのであり、新研究所での表出実体を用いた計画が実現したとも言える。

そんな風に、時折世間話をしながら、表出実体が実験で覚醒している午後四時まで、初めて完璧な形での警備を続けた。

「せっかく接合できたのに、今日も、何も起こらないみたいですね」

高畑さんは、物足りなそうでもある。

「まあ、問題がないのに越したことはないんですが……」

この業務に限っては、無駄であることこそが求められている。だがなぜか私は、何かが先延ばしにされているような不安を覚えてしまった。

「特段の異常を感知できない」という報告に、社長は特に反応を示さなかった。

「研究所の防御システムで充分対応できると思いますが……」

警備業務からの撤退を進言しようと、高畑さんが言葉を添える。

「予定通り、開所式まで警備を続けてください」

彼の言葉を素通りさせたように、社長は素っ気ない。

「騙し絵のように、見えているのに見えていない可能性もあります」

「ですが……」

高畑さんが意見しようとするのを、私は腕を引いて止めた。

「事象を見極めるには、全体を見てはいけません」

社長の言葉はいつも、本来の社長業を為す人とは正反対だ。

「真実は細部に宿ります。全体を見通せるなどと過信してはいけません。我々が知り得ることなど、ちっぽけなものです」

どこまでその言葉に真意があるのかはわからない。理解しようとする方が混乱してしまう。

「わかりました。失礼いたします」

私は高畑さんに眼で合図して、社長室を辞した。

「随分、社長には従順なんですね？」

「だからこそ、会社がここまで発展したんですから」

「まあ、長年社長の下で働いて来た日野原さんがそう言うなら、僕は従うしかありませんが。なにしろ日野原さんは社長の愛弟子《まなでし》だし、いろいろと教わってきたことも多いんでしょうから」

思わせぶりな口調だ。社内で公然と囁《ささや》かれる、社長と私の噂は、彼も承知の上だろう。

「私は社長からは、何も教わっていません」

敢えて私は、理解の悪いふりをして、単なる表出の技術の話に変えてしまう。

「社長の力は、私たち一般の表出者とはまったく異なりますから」

社長は、表出者としてカテゴライズされてはいるが、その力はまったく別物だった。

表出という特殊な力を持ちながら、意識は普通の人であるという制約から逃れられない私たちを尻目《しりめ》に、社長はやすやすと、「現象」や「無機物」までを操れるのだから。

まだ少年だった社長は、旧研究所の破壊という衝撃的な出来事で、この業界にその名を轟《とどろ》かせた。

自分の力を測定されることに反抗したわけではない。言われた通りに従順に、力を「存分に」発揮しただけだ。その結果、測定装置はすべて負荷限界を超えてショートし、社長が同調した自家発電装置は爆発寸前まで暴走させられた。

抑えに入った当時の上級表出者を、遊び相手だと勘違いして、喜んで躍動させた表出波の渦の中に「招待」した。本人にしたらメリーゴーランドのつもりだっただろうが、当の表出者にとっては、竜巻に巻き込まれたようなものだった。五人の上級表出者が再起不能となり、研究所は半年間の閉鎖に追い込まれてしまった。

それ以来、社長はこの業界で、何の制約も受けない存在として黙認されてきた。手出しも口出しも、誰もできなかったというのが正しいだろう。社長と表出実体は、ある意味同列に扱われる、危険で近寄りがたい相手だった。

私の硬い声で、触れてはいけない場所に触れたことが伝わったのだろう。逸らされた話をこれ幸いと、彼は話を続けた。

「社長のけた外れの力は、もはや伝説になってるからな。旧研究所での制御室の扉の、

『凍裂』の話なんかは……」

凍裂とは本来、厳寒の森林で生じる。樹木の中の水分が、極端な温度の低下で凍ることによって膨張し、幹を割り裂いてしまう現象だ。言葉にすると他愛もないが、実際の凍裂は激烈だ。落雷のようなすさまじい音とともに、樹木はまさに、はじけるようにその身を裂かれる。

それと同じ現象を、表出によっても生じさせることができる。

表出の前段階で生じる形の定まらない表出波を、紙のように薄く、水のように柔らかく引き伸ばす。鍵《かぎ》のかかった扉の隙間にも浸透させることが可能だ。それを一気に硬直化させることで、扉は木端微塵《こっぱみじん》に吹き飛んでしまう。

表出技術の中では珍しく破壊力を伴うため、昔から取り扱いは慎重であった。鍵のかかった金庫ですら開けることのできる力だ。個人の裁量で使っていては、表出者が犯罪に手を染める可能性がある。もっとも、凍裂の破壊力は表出力に比例する。私一人では、せいぜい木の扉を破壊できるくらいだ。

「新研究所ほど頑丈じゃないにしても、制御室の扉を一人で吹っ飛ばすなんてな」

「あの事件で、凍裂は使用制限がかかってしまいましたからね」

そうやって、いくつの可能性が封印されてきただろう。問題が起きれば、深く検証することもなく、使用を制限することで、臭いものに蓋《ふた》をし続けて来た。その結果、表出者はいびつな発展しかできずにいる。我々は、曲がった角だけが異様に伸びた恐竜のようだ。いつかその角が自らを突き刺してしまうのかもしれない。

◇

その日、オペレーションルームに顔を出すと、一時間前には準備を始めているはずのゆみちゃんが、制服を着たまま待機していた。堀尾さんが、しまったというように口に手をあてた。

「ごめんなさい！　午前中にシステムメンテナンスがあったから、今日は実験が一時間押しなの。連絡をし忘れてたわ」

私は高畑さんと顔を見合わせた。

「仕方ないな。お茶でもしながら待つか」

「そうですね。ゆみちゃん、一緒に屋上に出てみない？」

「はい、ご一緒します！」

ゆみちゃんは、喜んでついてきた。売店で、サンドイッチと飲み物を買って、屋上に向かう。

「あら、バジルもついてきちゃったの？」

サンドイッチのおこぼれを狙ってか、扉をすり抜けて上がって来たバジルは、陽の光を浴びて大きく伸びをした。

「ゆみちゃん、実験には疲れてない?」

実験中は睡眠状態に置かれ、外部から機械的に意識誘導される。表出による疲れはないはずだ。それでも、我々が雑多な日常によって、少しずつ心をすり減らしていくように、見えないまま重なってゆく疲労は確実にある。

「大丈夫です。それにあの子とも、随分仲良くなれたから」

「あの子って?」

「何だか小さな女の子みたいな感じだから、あの子って呼んでるんです」

「もしかして、表出実体と、意識を通じることができるの?」

「ええ、半分眠っているみたいだから、きちんと会話ができるわけじゃないんですけど。色々と教えてあげているんです。外の世界のことを」

表出実体と被験者の間には、一方的な命令回路しかない。表出実体の意識を感じ取ることなどできるはずもなかった。

「ねえ、柚月さん、高畑さん。かくれんぼ、しましょうか」

「かくれんぼ?」

私は少し戸惑って、屋上を見渡した。昇降口と給水タンクがあるばかりで、身体を隠す場所などなかった。

「かくれんぼって言っても、表出の力を使ったかくれんぼです。二人とも、何か動物を表出してみてもらえますか」

面白そうなので、言う通りにしてみる。高畑さんはペンギンを、私はリスを表出した。猫のバジルは、研究所生活が長いせいか慣れたもので、突然人の姿が消えて、二体の動物が出現しても、気に留める風もない。

「それじゃあ、私も……」

彼女は意図を持ってバジルを見つめた。ほどなく、バジルの姿が二体になる。本物のバジルと、ゆみちゃんが表出した「コピー」が重なり合う。

実在物と表出体とを重ねる「宿借り」は、表出した動物の自然な動きを身に付けるための基礎訓練の一つだ。私も新人の頃に、ペットショップの片隅で何時間も練習を積んできた。しかし、彼女の宿借りは次元が違う。完璧に重なり合っている。

「眼をつぶって、ペンギンとリスの眼で、バジルを『視《み》て』ください」

言われるままに、表出したリスの眼を「使う」。

「え、見えない？」

「あれ、消えちゃった！」

二人同時に、驚きの声を発した。現実のバジルも、ゆみちゃんが表出したバジルも見えなかった。自身の眼では見えているのに、表出した動物の眼では、忽然《こつぜん》とかき消されてしまう。

「どんな魔法を使ったの、ゆみちゃん？」

そんな技術は、「表出マニュアル」にも載っていない。

「それでは、お教えしましょう」

表出を解いた彼女は、腰に手をやって、幾分得意げだ。

「原理は簡単なんですよ。一旦、第四段階の固定《キープ》まで進んだ後に、すぐに表出を解除しちゃうんです」

「消しちゃうの？」

「ええ、それと同時にもう一回出現させて、すぐにまた消す……。素早く何度も繰り返すんです。同じ動物だったら、表出と解除を連続しても、『内側』の崩れはほとんど起こりませんから」

「表出対象を消し続け、同時に出現させ続けるってこと？」

そんな無駄な行為はやろうと思ったこともなかったので、うまく感覚がつかめない。

「そうすると、表出体の眼からは、姿が見えなくなっちゃうんです」

高畑さんがさっそく挑戦しだす。バジルの姿を表出すると、実物と動きを合わせ、ゆみちゃんの解説通り、「解除」と「表出」を繰り返す。

「どうだろう、消えてるかな？」

私のリスの眼で「視て」みる。切れかけた電灯のように、バジルの存在が現れては消える。

「解除と表出とを、もっと素早く連続させないと、完全には消えませんよ」

ゆみちゃんが教師となってレクチャーする。

「単純なようで、結構難しいもんだな」

彼は顎《あご》に手をやり、新たな技術の手順をおさらいしていた。

「さて、そろそろ準備しようかな」

ゆみちゃんが、空に向けて大きく伸びをする。力の充実を物語るように、収まりきれない表出波が放電するように放たれる。彼女は、伸びをした格好のまま動きをとめた。何かを確かめるように空を見上げ、周囲を見渡す。

「ゆみちゃん、どうかしたの？」

「何だか、誰かに見られているみたい。……変な感じ」

「え？」

時計を確認する。本来のスケジュールならば、表出実体が覚醒している時間だった。

「もしかして、覚醒時間の情報が外部に漏れていて、それに合わせて外部から表出波が送り込まれているとしたら？」

「今日は一時間遅れだからな。それを知らずに……」

時間前ではあったが「天蓋」で警備を開始する。いつもより多めに触手を伸ばして、不穏な表出波を測る。

「異常は無いみたいだけどな」

高畑さんが首をひねる。ゆみちゃんは、自らを監視する何者かと対峙《たいじ》するように、厳しい眼差しを空に注いでいた。

「柚月ちゃん、どうしたの？　何か警備の収穫があった？」

制御室で準備を進めている間に、ゆみちゃんが察した不穏な気配の事を堀尾さんに報告する。

「でも、防御システムは何の反応も示してないし、あなたたちだって、察知できなかったんでしょう？」

「それは、そうなんですが……」

堀尾さんは、取りつく島もなかった。

「だいたいさぁ、この研究所がどれだけ安全対策にお金をかけてると思ってるの？　予算の二割よ。そんなお金使うくらいなら、研究費をもっと増やしてほしいもんだわ」

暗に、社長への批判がこめられていた。社長の主導する安全委員会は、研究所に過剰ともいえる安全対策を課した。私たちの警備業務ですら、研究所からは単なる予算浪費として白い目で見られているのだ。

「そんなに心配なら、今日はあなたも見ておきなさいよ。『天蓋』は、研究所所属の表出者と交代してもらってさ」

操作パネルの青白い光が、堀尾さんの冷徹な笑みを浮き彫りにする。

「今日はいよいよ、揺りかごの蓋を開けて、表出実体を表に出すわよ」

◇

制御室の「コックピット」に座るゆみちゃんは、とても落ち着いているようだ。表出実体と意思の疎通ができているという安心感から来るものだろうか。

「制御システム、正常作動しています」

「防御システム、異常検出ありません」

二人の技官の報告に頷いて、堀尾さんは制御システムの出力をゆっくりと上げた。

「ゆみちゃん。ここからは表出実体の力が強まるから、眠ってもらって、こちらの操作で表出を進めるわ。異常を感知したら、すぐに実験は中断するから、安心してね」

「わかりました。いつでも大丈夫です」

やがて彼女は、ヘッドコンデンサからの誘導波によって、眠りについた。

「意識安定確認。引き続き、誘導表出第一段階に入ります」

技官が、ゆみちゃんの脳に信号を送り込み、表出の四つのプロセスを人工的に辿らせてゆく。夢遊状態での表出では、表出者の姿が消えることはない。だからこそ、ゆみちゃんが強制的に表出の手順を踏まされている姿が、嫌でも眼に入る。

「堀尾さんは、表出実体がどんな姿をしているか、わかっているんですよね？」

「でなきゃ、ゆみちゃんを誘導表出することはできないからね」

「いったいどんな姿をしているんですか？」

振り返った堀尾さんは、意味ありげにウインクする。

「見てのお楽しみよ」

睡眠状態での誘導表出は、想像力の豊かさや柔軟性が求められるので、未成年の方が安定した表出を保てる。ゆみちゃんの成功は、表出者の青田刈りがより加速することを意味していた。

「いよいよね。姿を現すわよ」

堀尾さんの合図と同時に、制御室直下の揺りかごの蓋が開き、表出実体が姿を現した。

オペレーションルームの誰もが、息を呑んだ。

「これは、もしかして……、ナナイロ・ウツツオボエ？」

「表出マニュアル」の最も後ろに位置する、「最高位難度表出体」だった。

――ナナイロ・ウツツオボエハ、架空ノ存在デアリ、高度ナ表出技術ノ体得者ニヨッテノミ、出現可能ナ存在デアル。過去ニハ三例ノミ、出現実績ヲ持ツ。体長ハ、表出条件ニヨリ異ナリ、目測ニヨレバ、五十センチ程カラ、十数メートルマデ、自在ニ変化スル。七色ノ体毛ニ包マレ……

「なんて綺麗なの……」

堀尾さんは、うっとりした表情で、その姿にため息を漏らす。恋する乙女のようなうるんだ瞳で。

マニュアルに描かれた姿は、確かに、形としては忠実であった。だが、その呼び名である「七色」は、印刷ではとても再現できない。その言葉から我々は、虹《にじ》の儚《はかな》さや清廉さを連想するが、ナナイロ・ウツツオボエの七色は、それとは正反対だ。

相反する色味でありながら、互いを打ち消さず、決して混じり合わない。孤高で決して他を寄せつけないナナイロ・ウツツオボエの高貴さを表すようだ。その鮮やかさは、この世界の猥雑《わいざつ》さや醜さを遠く置き去りにして、超然とそこにあることを示す強固な意志そのものでもある。私には絶対に表出不可能ということが、本能的にわかる。

「ナナイロ」の名は、存在の絢爛たる鮮やかさを示すと同時に、変幻自在ぶりを表すものでもあった。一瞬たりとも、その姿は同じ印象を抱かせない。

豹《ひょう》を思わせるしなやかな体軀かと思いきや、次の瞬間には数千年を経た古木の幹の荒々しさを纏《まと》う。羽は変幻自在に形を変え、風にすら抗《あらが》えない蝶の羽のように脆《もろ》い繊細さを見せたかと思えば、猛禽類が獲物に向けて崖《がけ》の上から滑空する際の獰猛さを醸し出す。

ナナイロ・ウツツオボエは、自らの出自をいぶかしむ風もなく、超然とした姿を保ち続けていた。

初めての「解放」は五分ほどで終了した。ナナイロ・ウツツオボエは、ゆみちゃんの疑似的な受容突起による調教に従順に従い、揺りかごの中に戻ってゆく。

「完璧ね。ゆみちゃんも、表出実体の制御システムも」

堀尾さんの誇らしげな言葉が、実験への揺るぎない自信を表す。

「開所式に向けて、もっと長い時間、外に出せるように訓練を進めなきゃね。少しずつ『揺りかご』から遠くまで誘導できるように調整していって、開所式では来賓の目の前にナナイロ・ウツツオボエの堂々たる姿を出現させてみせるわ」

「大丈夫なんでしょうか」

「ん？　ええ、大丈夫。制御室からホールまでは直線距離で五十メートル。ゆみちゃんの表出可能範囲は二百メートルだから余裕よ」

私の心配は、単なる技術上のものと捉《とら》えられたようだ。上機嫌な堀尾さんの様子に、私は逆に不安になってきた。

「ゆみちゃんは、表出実体の意識を感じているみたいでしたけど」

「ああ、それはきっと、自我のエコーよ」

堀尾さんは、にべも無く言い切った。

「エコー？」

「深層意識の中で、自分の分身と話をしてたってこと」

よくあることだとばかりに、彼は歯牙《しが》にもかけていない。

「でも、ゆみちゃんは、表出実体が幼い女の子の姿に見えるって……」

「誘導表出では自分の姿が消えないでしょ？　だから、意識が幼い頃の幻出をしているように記憶を掘り起こして来るの。だからそれは、ゆみちゃん自身の幼い頃の姿よ」

「だけど何らかの形で、表出実体がアプローチしてるって可能性も……」

「柚月ちゃんは、他のことを心配した方がいいんじゃない？」

鬱陶《うっとう》しがるように、彼は私の言葉を遮った。

「どういうことですか」

「こないだ、おたくの社長のこと、こっそり測ったんだよ」

「そんなこと、社長が許可するわけが……」

「もちろん、私の独断でね。名目上は、制御室の負荷限界を測るために協力してもらったんだけどさ」

確かに、社長の力に耐えうるかどうかは、負荷テストとしてはもってこいだろう。見慣れた能力値測定書が差し出される。私は絶句した。

「経年摩耗、Eって……」

能力値のゲージは、通常AからDまで。測定不能を意味するレベルEは前代未聞だ。

「ひどいでしょ？　長年いろんな表出者を測ってるけど、その値は初めてね。正直、そこまでとは思っていなかった」

書類を持つ私の手が震えているのを、堀尾さんは冷静に眺めていた。

「もうじき、擦り切れるよ、あの人」

青ざめているだろう私を、堀尾さんは気の毒そうに見つめた。

「もしかして、奥さまにも、このことを？」

堀尾さんも二人の関係を知る数少ない一人だ。彼は、曖昧《あいまい》に頷く。社長の一番の身内ではあるが、業界を離脱した要注意人物でもあった。伝えてしまったことを、大っぴらにできるはずもない。

奥さまが、今になって「交わり」のことを言いだした意味が、ようやくわかった。

「とにかく、社長には私から話してみます」

「うん、まあ、話してみなよ。好きなようにね」

心のこもらない言葉をかけてくる。私だってわかっている。社長が、忠告など聞き入れてくれるはずがないことは。

◇

その夜、他の社員がすべて帰ってしまってから、私は社長室に向かった。

「それは、社員が社長に進言できる範囲を逸脱しているようですね」

堀尾さんの予想通り、私の直訴は軽くあしらわれた。

「進言じゃありません。このままでは危ないと言っているんです」

「それは私だけではありません。表出者なら、遅かれ早かれ訪れる問題です」

「社長の損傷は限度を超えてます！　崖に向かってアクセルを踏み込んでるようなものじゃないですか」

社長は、その姿を想像するように、宙を見上げた。自らの状態への切迫感など、持ち合わせてもいないようだ。

「とにかく、今日は社長がきちんと自分の問題と向き合うと約束するまで、私は帰りませんから」

社長は、私の剣幕の理由が、まるでわかっていないようだ。

「サービス残業、ですか」

「冗談で済ませないでください！」

社長が立ちあがり、ゆっくりとサングラスをはずした。そこにあるのは、少年そのものの瞳。真正面から見つめ合ってしまった。眼を伏せようもない、その視線は、引き寄せるのとは別の次元で、私を縛り、貫き、そして溶かす。

「駄目です……よ」

言葉と想《おも》いは、時に相反する。差し伸べられた社長の手に、私は無意識のうちに手のひらを重ねていた。

触れ合う。身体が、ではなく、想いが。表出者にとってそれは、身体以上の意味を持っている。不定形の想いに「形」を与え、互いを慈しみ合い、慰め合うのだから。

私だけが知る、社長の「内側」への扉が開け放たれた。

久しぶりに、私は社長と「交わった」。

表出者同士の「交わり」は、一般的に考えられる性行為とはまったく違う。服を脱ぎもしなければ、抱き合うこともない。身体のほんの一部が触れ合っていさえすればいい。

指先から、「社長自身」が流れ込む。同時に、「私」が、社長の中に溢《あふ》れだす。

それは表出における融合とも似ている。だがそこに広がる世界は比べ物にならぬほどに深く、そして芳醇《ほうじゅん》だ。二人の存在が薄く重なり合った上で溶け合い、結びつく。そこに「快楽」が生じる。快楽は円環状の渦となり、一周するごとに、その渦は加速度的に速さを増す。擦れあい、もつれあうほどに快感は増幅してゆく。

一般の性行為の快楽を、一つの円でたとえるなら、快感の大きさは円周の長さである。「交わり」もまた、一見すると同じ円だが、間近で見れば、その円周は、浸食された海岸線のように複雑な凹凸で入り組んでいる。

同じ円に見えて、受け止める幅は数倍にも数十倍にもなりうる。原理的に無限大だ。

一般的なセックスの快楽とは次元が違う。

それは表出者の余得でもあった。私は女性でありながら、男性の挿入の快感さえも味わうことができるのだ。快楽は、形を持たぬ不定形な存在として、私を導き、翻弄《ほんろう》し、浸す。

意識的に、社長との「交わり」を拒絶して二年が経った。それは、相談なく高畑さんを入社させたことへの怒りがきっかけだった。だが、それだけではない……。

「交わり」のたびに私は、宇宙探査船の光を地表から眺めている気分になる。社長の心に近づこうとするたびに、「遠さ」を思い知らされる。目指す先が、永遠にも思える遥《はる》か彼方であることを思って、絶望を感じるしかない。社長との「交わり」を止めた本当の理由は、快楽を上回る喪失感に、私が耐えられなくなったからだ。

私は覚悟を決めて、社長の「内側」に意識を預け、奥底に沈み込んで行った。そこに生じた「傷」に、否応《いやおう》なく触れてしまう。荒涼とした風景が広がっていた。クレーターのように深くえぐられ、遺棄された鉱山さながらの空虚な空間が広がる。戦いの意義さえも忘れ去られた内戦によって破壊され尽くした都市を見るようだ。

もちろん、現実的な意味での傷ではない。だが、「交わり」の中でのそれは、私自身の内にも疑似的に傷が再現されることによって、痛みが生じる。


ゆっくりと、私は現実の上に軟着陸する。

一つ、大きく息を継ぐ。意識の上では、数時間は経過したように思えるにもかかわらず、時計はきっかり五分、長針を進めただけだった。

社長は机に置いていたサングラスをかけた。ほんの数ミリの黒い壁が、社長と私を遠く隔てる。

乱れてもいない服を整え、私は気持ちを引き締め直した。

「明日は、安全委員会の最終打ち合わせが午前中にありますので、直接向かいます」

社長にとってこの五分間は既に、過ぎ去った過去だ。だけど私はそのまま進むわけにはいかなかった。余韻を味わうなどと甘えたことを言う気はない。

「社長、前よりもひどい状態ですよ」

言葉に込めた非難と懇願は、果たして伝わっただろうか。社長は窓際に立ち、街の夜景を見下ろす。

「一度損なわれた部分は、決して修復されない。進行するのみ。私にはどうしようもありません。もちろん日野原さんにも」

「そうじゃなくって、進行が速すぎるって言っているんです！」

予想をはるかに超えて、社長の内部は空虚だった。

「いずれ私は、擦り切れてしまいます」

社長は、常と変わらぬそっけなさだ。上着の肘の部分を見つめながら言うので、服の擦り切れの話かと思ってしまう。

「そんなこと……」

言葉は続かない。何を言っても、私がその現実から眼を逸らしているだけということは、社長にはお見通しだ。

「もう、止めてください」

社長は小さく首を傾げた。それはどう考えても、聞き入れている態度ではなかった。

「その時は日野原さん、会社をよろしくお願いします」

「そんなことを言わないでください！」

私の望みは、もしもの時に備えて会社の筋道をつくっておくことではない。少しでも、その時を先延ばしすることだった。

◇

「珍しいわね、あなたの方から連絡をくれるなんて」

真っすぐな意志を体現するような歩みで、彼女はやって来た。首都中心部の、官公庁が集まった地域の公園だった。

「ごめんなさいね、こんな場所で。打ち合わせをしていたものだから」

「いえ、構いません」

話す内容からは、喫茶店などを指定されるよりも都合が良かった。

「もうすぐ新研究所の開所式ね。どう、使いやすい？」

「ええ、設備も最新ですし、表出力強化研究も進みそうです」

完成を待たずに業界を離れた彼女だが、もともと新研究所建設は、彼女が強く主張してきたのだ。高畑さんの語るＳＫの内情からすると、彼女はそこで、禁断の並列表出を推し進めるつもりだったのだろう。

「すごい表出力の女の子が入ったんですって？　業界に残っていたら、必ずうちが獲得していたのに。残念だわ」

上級表出者は、研究所預かりとなるのが通例だったが、S.Kは何度も横紙破りをしてきた。それが業界を離れた一因でもあった。

「それで本題は、あの人のこと？」

私は、黙ったまま頷いた。

「社長と、交わりました」

その言葉を、心のつかえ無く発することは難しかった。

「そう。良かった……」

安堵《あんど》の言葉……。私はどうしても、真意を探ろうとしてしまう。表出者ではない彼女には、社長は指一本触れてはいないはずだ。社長は通常の男女の交わりにはまったく興味を示さないのだから。それでも彼女は、社長を彼女なりの想いで支えている。そんな形の愛情というものを、私は未だ理解できずにいた。

「社長の内側の、損なわれた部分にも、触れました」

彼女は眉一つ動かさなかった。動じていないわけではないだろう。すでにその時を冷静に見据えているようだ。

「社長は私の忠告など、聞いてはくれませんし……」

「あの人は、子どもみたいな人なの。今までのおもちゃじゃ満足しない。常に新しいおもちゃを用意してあげないと」

それは私にもわかっていた。社長の生きる上での欲望は、一般人とはかけ離れている。

「このままだと、社長の内側は、擦り切れてしまいます」

「どこかで私は、その時を望んでいるのかもしれないわね」

「そんなこと……」

否定しようとして、言葉は続かない。たとえ今、力の濫用を止めたとしても、損なわれた部分が回復するわけではない。

「その時が遅かれ早かれ来るのなら、いっそ、彼の望む戦いをさせてあげた方が幸せなのかもしれない。そう思わない？」

眼をつぶろうと、耳を塞ごうと、その時は否応なく迫っていた。

◇

新研究所の開所式は、滞りなく開催された。私と高畑さんも、いつもよりもきっちりとしたスーツを着て、最後の警備業務にあたるために、研究所を訪れた。来賓を迎える準備で大わらわのホールや管理棟を尻目に、研究棟のオペレーションルームは、普段通りの静けさを保っていた。

「ゆみちゃん、いよいよね」

　彼女は、少しの緊張を携えて頷いた。

「今日は、私がどうして力を持って生まれたかを知るための、スタートラインなんだって思っています。両親もきっと……」

　彼女はそう言いかけて、少し慌てたように口をつぐんだ。

「どうしたの、ご両親が？」

「ううん、なんでもありません……。そういえば昨日、柚月さんの会社の社長さんにお会いしました」

　昨日は、開所式の最終調整会議が研究所の会議室で行われていた。その際に顔を合わせたのだろう。

「お忙しそうだったから、挨拶だけしかできなかったんですけど。なんだか、不思議な方ですね」

「そうね。そう言う人は多いわね」

　社長の外見は、濃いサングラスをかけているという以外は、オフィス街を歩いているスーツ姿のサラリーマンと変わりはない。

　だからこそ逆に、社長という存在のおかしさが際立つ。まったく違うものが紛れ込んでいるのに、錯視のように、同じものと認識させられているような、感覚の不確かさを突きつけられるのだ。

「なんだか、似てるなって思いました」

「似てるって、誰と？」

「実験中の表出実体と、同じものを感じるんです」

「そう……」

彼女が通じ合っていると思っているのは、表出実体ではなく、自身が夢遊状態のまま漂わせている自我のエコーに過ぎない。実験に影響を与えるので、そのことは彼女には告げないようにと、堀尾さんから釘《くぎ》を刺されていた。

スクリーンには、式典が行われるホールの様子が映し出されていた。来賓席に、政治家とも学者とも雰囲気の違う老人たちが座っている。かつてこの国の表出の基礎を固めた軍部の関係者たちだろう。非人道的な実験の結果、表出実体を生みだし、そして封じた人々でもある。

ゆみちゃんは、来賓たちの中に何かを探すように、ホールに集う人々を見つめていた。

最後の警備業務を前に、高畑さんと敷地内を巡回し、異状がないかを確認する。

「警備も今日で終わるなぁ。明日っからは、もうちょっと刺激的な仕事が舞い込まないもんかなぁ」

高畑さんは、運動不足をかこつサラリーマンのように、身体の屈伸を行っていた。

「高畑さんは、何だか、仕事をするのが楽しそうですね」

彼ともずいぶん打ち解けて来た。そのことに、むずがゆいような思いを抱いてしまう。

「ようやく、自分の力を存分に発揮できる場を与えられたんだ。楽しくないって方がおかしいだろう？」

彼は「閉架図書の暴走」事件以後、業界を追放されていた。ようやく力を活かせる仕事につけたのだ。仕事への疑問などあるはずもない。

「高畑さんは、この仕事に生きがいを感じているんですか」

「生きがい？」

聞き慣れない言葉を聞かされたように、彼はその単語を反芻《はんすう》した。

「たまたま表出っていう力を持って生まれてきたってだけで、私は他の可能性なんか考えもせずに、この仕事を続けてきました。少しずつ強まる規制と、『内側』が擦り減る恐怖にがんじがらめにされながら、力を小出しにして日々の糧を得る……。そんな毎日を過ごし続けて、いつの間にか年を取っている。振り返って見て、自分の人生ってなんだろうって、そう思ったりしませんか？」

高畑さんは、私の告白にしばらく考えていた。

「贅沢《ぜいたく》すぎる悩みなんじゃないのかな？」

「え？」

「自分が何に向いているかなんて、最初っからわかってる人なんていやしないし、わからないまま終わっちゃう人だって大勢いると思うけどな。人にはない力を持って生まれて、それを活かす場があるんだ。今は精一杯、自分にできることをやる。人生を振り返るのは、もっと歳を取ってからで充分だよ」

高畑さんは、どこまでもポジティブだ。表出者として生き続けることへのわだかまりなど、寄せつけもしない。だけどその寄せつけなさは、社長とは違い、私を突き放しはしなかった。

「日野原さんは、少し肩肘を張りすぎなんじゃないかな」

「そうでしょうか……」

「表出の技術なんて車の免許と一緒で、単なる資格の一つって割り切って、活かせないなら履歴書の飾りって思っておけばいいんだよ」

力を活かすこともできず、地方都市で鬱屈した日々を過ごしてきたからこその達観なのかもしれない。彼自身の柔軟さでもあるし、変わり身の早さでもあるだろう。これから先、表出者を巡る状況がどんなに変化しても、彼はそこに居場所を見つけ、自らの「力」と向き合っていくに違いない。

高畑さんは、私の気分を変えるように、おどけた表情になる。

「今度の休みに、気晴らしにどこかに行かないかい？　童心に返って遊園地でも」

「遊園地、どうして？」

「いいだろ、好きなんだよ。ジェットコースターとか、観覧車とか」

「そうですねぇ」

すっかり乗り気の高畑さんに、私は生返事をした。

「いいかもしれないな……」

社長のことも、自分の力のことも、わだかまりを何もかも捨て去って、笑えるだろうか。

彼となら、それができるのかもしれない。

猫のバジルが、中庭を一直線に突っ切るように私たちに向かってきた。尻尾の振り方からすると、どうやらご機嫌斜めのようだ。

「知らない顔が沢山いるもんだから、自分の城を汚された気分なんだろうな」

撫でようとした高畑さんの手をすり抜け、バジルは壁際で姿を消した。隣の敷地への彼専用の抜け道があるようだ。

「よくこんな隙間から、出入りできるなあ」

バジルがすり抜けた壁の亀裂から、彼は隣の建物をのぞき込んだ。

「高畑さん、のぞきは犯罪ですよ?」

冗談めかしてたしなめる。振り向いた彼は緊張した面持ちだ。

「日野原さん、ちょっと見てもらえないか?」

壁に顔を押し付けて、隣の施設をうかがう。バジルの姿は見えなかったが、別の物が視界の隅に飛び込んでくる。

「あれって、電源車ですよね?」

電源の取れない場所で大容量の電力を必要とする際に使用される車だ。しかも、稼働しているようだ。

「ここは、閉鎖されている国の施設のはずでは?」

顔を見合わせる。嫌な予感しかしなかった。

「ちょっと、『視て』みよう」

自ら忍び込んで危険を冒すまでもない。それぞれ文鳥とジュウシマツを表出し、先兵として飛ばす。建物へと近づいた矢先、柔らかなゴムの膜にぶつかった感覚で、二羽は押し戻された。

「ブロックされてるぞ!」

研究所と同じ防御システムが作動している。探られたくないことが内部で行われているということだろう。

「灯台下暗しでしたね」

研究所を守ることばかりに気がいって、すぐ隣の建物の不穏な動きを察知することができなかったのだ。

「生身で入って、調べるしかないな」

バジルの抜け穴は通れるはずもない。壁の一番低い場所を探して高畑さんがよじ上り、私は引き上げてもらった。

閉鎖された施設と思い込んでいたが、よく見ると、電源車は何度も行き来したように轍《わだち》を残し、建物の廃墟のようなくすんだ装いにも、偽装の匂《にお》いがした。無人の電源車から伸ばされた太いケーブルは、建物の中へと続いていた。

警戒しながら内部に侵入する。ケーブルは上の階へと続く。導かれるように暗い階段を上って行くと、二階の一室へと行き着いた。ケーブルがあるため、扉は閉められていない。そっと中をうかがう。

異様な光景に、揃《そろ》って息を呑む。研究所の制御室とまったく同じ、ものものしい「コックピット」が、合計十台も並ぶ。そこに座る十人は、深い眠りに落ちたように、眼をつぶって身じろぎすらしない。一様に、複雑な配線が施されたヘッドコンデンサをつけていた。

「そこまで！」

一人の女性が、屈強なボディーガードを従えて、逃げ道を塞いだ。

「日野原さん……、まさかあなたが来るとは思わなかったわ」

強い意志を秘めた姿は、驚きを示してはいなかった。

「ここで一体何を企てていたんですか？」

彼女は答えない。説明されるまでもなく、表出者である私にわからないはずがない。

「並列表出は、研究凍結されたはずでは……」

「それはあくまで、あなた方を統括する文教庁の話。研究自体は、ずっと続いていたのよ」

彼女は、自らの後ろ盾を明らかにしなかった。とはいえ見当はつく。あの夜会った時、彼女は科学庁《かがくちょう》の方向からやって来たのだから。

表出者が省庁管理下に組み込まれたのは、図書館での事件以降のことだ。新研究所建設の際の、文教庁と科学庁の水面下での表出者獲得合戦については話に聞いていた。その遺恨もあるのだろう。ＳＫエージェンシーが業界から距離を置いたのは、単なる離脱ではなかったのだ。

壁には、関係者外秘のはずの、表出実体の覚醒スケジュールが堂々と貼られている。

「もしかして、ずっと前から、ここで？」

「ええ、覚醒実験に合わせて、こちらも干渉実験を繰り返していたのよ。把握されないように秘かにね」

すぐ隣で行われていた策謀に気付けなかった自分が情けなかった。彼女は慰めるように、私の肩に手を置いた。

「自分を恥じることはないのよ。あなたたちは精一杯やったんだから。でも盲点だったわね。並列表出では、個人表出時に特有の融合受容突起は生じない。だから、研究所の防御システムも、あなた方の『天蓋』のチェックもすり抜けて、干渉することが可能なの」

やはり、ゆみちゃんの直感は間違いではなかったのだ。

「研究所に何をするつもりなんですか」

「大したことはしないわ。ナナイロ・ウツツオボエを、もう一体、出現させるだけよ。開所式へのささやかなプレゼントってところね」

「そんなことをしたら……」

マニュアルには、最後にこう記されている。

――ナナイロ・ウツツオボエハ、ナワバリ意識ガ強ク、決シテ他ノ強力ナ表出体ヲ周囲ニ出現サセテハナラナイ。特ニ同種表出体ヲ前ニスルト、ソノ怒リハ頂点ニ達シ……

「大暴れするでしょうね。来賓にも危害が及び、文教庁主導での表出実体の利用計画は、完全に頓挫《とんざ》する」

その結果として、科学庁主導による表出者の国家利用が目論まれているのだろう。だが私には、彼女がそんな省庁同士の暗闘のお先棒を担ぐためだけにやっているとは思えなかった。

――いっそ、彼の望む戦いを……

彼女の言葉を、私は単なる願望と捉え、深く考えてはいなかった。だけどそれは、具

体的な「戦い」をイメージしての宣戦布告だったのではないだろうか。

「もしかして社長の……」

私の言葉を遮るように、彼女は語気を強めた。

「見てしまった以上、計画が終わるまで帰すわけにはいかないわね」

ボディーガードに追い立てられ、私たちは地下の一室へと向かわされた。

「しばらくここにとどまってもらうわ。言っておくけどこの部屋は、昔は機密文書の保

管庫として使われていたから、扉の強度は金庫並み。壊して外に出ることはできないか

ら、そのつもりでね」

部屋に窓はなく、扉も異様に頑丈なものだ。

「高畑君。日野原さんをここから出せば必ず、あの子を助けるために研究所に向かうわよ。彼女を危険な目に遭わせたくはないでしょ？　聞き分け良く、ここで大人しくしててね」

そう念押しして、彼女は鍵を閉めて出て行った。

時間だけが無為に過ぎていった。そろそろ公開実験の時間だ。高畑さんは、事態をあまり深刻に捉えてはいないようだった。

「いくらナナイロ・ウツツオボエをもう一体出現させようが、研究所側の一体は完璧に制御されているんだから、大きな騒ぎにはならないと思うけどな。かえって、来賓を喜ばせるだけけってオチじゃないかな」

「それで済めばいいんですが……」

私はどうしても、彼のように楽観的にはなれなかった。

「ゆみちゃんも、ご両親の前で成長した姿を見せられるといいな」

何気ない呟《つぶや》きを、聞き逃せるはずもなかった。

「ご両親って、何のことですか」

「え、ああ……、ゆみちゃんのご両親も招待されているんだ」

「高畑さん、どうしてそれを私に言ってくれなかったんですか」

私の剣幕にたじろいだ彼は、言い訳めいた口調になる。

「堀尾さんに口止めされていたんだ。日野原さんはゆみちゃんに肩入れし過ぎてるみたいだからってね」

ゆみちゃんが言い淀《よど》んでいたのも、そのことだったのだろう。心に暗雲が、低く垂れ込めた。

「ゆみちゃんとご両親の関係は、堀尾さんも知ってるはずなのに、どうして招待状なんか……」

「どこか他の部署が送っていたみたいだよ。出席の返事がきたのを断る理由もないから、見てもらおうってことになったらしい」

「他の部署？」

いったいどこの部署が、研究所を差し置いて招待状を送るというのだろう。そう考えて、私は鳥肌が立った。奥さまは、ゆみちゃんの存在を知っていた……。

「高畑さん、研究所に戻りましょう！　ゆみちゃんや来賓が危ない」

「え、どうして？」

「説明している暇はありません、早く！」

「だけど、この状態じゃあ……」

彼は固く閉ざされた扉を叩《たた》いた。鈍く重い音が、人力で何とかできるシロモノではないことを告げる。

「二人でだったら、一つだけ、手段がありますよね」

私はある意図の下、彼に一歩近づいた。

「そうか、凍裂か」

思惑を察した高畑さんが、そう呟く。

「二人で意識を合わせれば、威力は数倍になる。天蓋の接合もできたんだから、凍裂も同じ要領でやれば、きっとうまくいくだろうな。だけど……」

「お願いします。高畑さん」

しばらく考えていた彼は、やがてゆっくりと首を振った。

「ナナイロ・ウツツオボエが、もし本当に暴れだしたら、君はどうするつもりなんだい？」

「それは……」

「たとえ太刀打ちできないとわかっていても、ゆみちゃんを助けるために危険を冒すつもりだろう？　勝手なのはわかってる。だけど、そんな場所に君を行かせたくはない」

彼は、頑として私の願いを聞き入れようとしなかった。それを見越していたからこそ、奥さまは彼に念押ししたのだ。彼に協力する意思がなければ、凍裂が成功するはずもなかった。

私は立ち尽くす。四方の壁が覆いかぶさってくるように感じた。私を縛る檻からは抜け出せない。私の表出する動物が、決して動物園の檻を抜け出さないように……。

「何だか、疲れちゃった……」

私はそう漏らして、壁ぎわに座り込んだ。

「自分の力に振り回されるのも、もう、うんざり……」

高畑さんは、そんな私の様子をしばらく見守っていたが、やがて、私の横に同じように座った。

「日野原さんの社長への恩返しも、もう充分なんじゃないかな。そろそろ、新しい人生を切り開いてみてもいいと思うけどな」

「支えもなく一人で立つのも、もう無理みたい……」

私は言葉通り、力を失って壁にもたれかかる。

「僕では、その支えには、力不足かな？」

言葉の意味は、私にもわかる。私の弱気と、彼の強気とがせめぎ合う。私は答えなかった。答える代わりに、彼の肩にそっと体重を預ける。

何かを尋ねるような沈黙に、私は小さく頷いた。彼の左手が、私の肩を抱く。従順な私に勢いを得て、彼の手にゆっくりと力がこもる。私は、彼の腕の中におさまっていた。

体温の温かさに戸惑う間もなく、高畑さんの唇に、私の唇が触れた。どちらからの意思でもなく、それは強く引きつけ合った。

社長との関係では、決して感じることのなかった安心と高揚、そしてほんの少しの寂しさ……。身体が、想いが、柔らかく溶けてゆく。

制御する意思もなく漂う互いの表出波もまた、抱擁するように絡み合った。薄く引き伸ばされて溶け合い、際限なく広がり続けて室内に充満する。鍵のかかった扉のわずかな隙間から、部屋の外へもじわじわと滲《にじ》み出していった。

——今だ！

私は急激に心を固く閉ざし、同時に彼の唇を強く嚙んだ。

二人の表出波が、瞬間的に硬直する。金属的な破壊音と共に、爆風でも受けたように扉が吹き飛ぶ。すさまじい音で、しばらく耳が聞こえなかった。

ようやく静まった部屋で、高畑さんは呆然《ぼうぜん》として私を振り返った。

「日野原さん、まさか、無理やり凍裂をさせるために、キスを？」

怒りのせいで青ざめていた。当然だろう。自らの好意を、私に利用されたのだから。

「これで、おあいこ、ですよね」

「あ……」

六年前、彼は私の好意を利用して、社外秘の技術を奪った。そっくりそのままお返ししたにすぎない。

「ごめんなさい。私、行きます」

開いた扉から、私は走り出した。階段を駆け上って建物を飛び出し、壁をよじ上ろうとする。振り返ると、高畑さんが憮然《ぶぜん》とした表情で追いかけてきていた。

「まだ、引きとめるつもりですか」

彼はしばらく、腕組みして無言のままだった。やがて、身軽に壁に飛び上がり、私に手を差し伸べた。

「おあいこで、ようやく対等になったんだろう？」

◇

管理棟のホールに、二人で駆け戻る。

「間に合えばいいんだが……」

公開実験開始から、すでに三十分。ナナイロ・ウツツオボエは、とっくに来賓の前に姿を現しているはずだ。

「高畑さん。防御抗体を張りましょう！」

「わかった！」

最悪の事態を想定して、表出波を自らの周囲に凝縮して張り巡らせる。抗体は、強い表出体に対する際のバリア機能を果たす。

ホールの扉を開けた途端、二人はその場に立ちすくんだ。

異様な光景だった。二体のナナイロ・ウツツオボエが、来賓を迎えたホールの両端で睨み合う。すべてが動きを止め、静まり返っていた。

「やっぱり、みんな『抜かれてる』な……」

高畑さんが、呻《うめ》くように呟いた。

「ウツツオボエ」の名とは裏腹に、強烈すぎる表出波によって、瞬時に人の意識は抜かれてしまう。

ナナイロ・ウツツオボエ一体だけであれば、ゆみちゃんに完璧に制御され、ここまでの力は発揮できなかったはずだ。奥さまがもう一体をけしかけたせいで、縄張り意識が高まり、ゆみちゃんによる制御を振り切ってしまったのだ。

周囲には濃密な表出波が渦巻く。表出者ですら、防御抗体を張っておかなければ、あっけなく意識を持っていかれる。

「くそっ、これじゃ手が出せないぞ」

来賓を不用意に動かせば、抜かれた意識が戻らなくなる。

「オペレーションルームに行きましょう!」

下手に手を出せば、我々にも攻撃が向かって来る。直接の手出しは危険だった。

「ああ、高畑さん、柚月ちゃん、助けて！」

オペレーションルームでは、堀尾さんが悲鳴を上げていた。

「ゆみちゃんの表出が、解除できないの！」

誘導睡眠によって表出をさせられているゆみちゃんは、表出の解除も、ここからの操作でしかできないはずだ。

「ゆみちゃんの心が、表出を解除するのを拒んでるみたいなの。いったいどうして？」

「彼女自身も知らない、奥底に秘めた思いがあるとしたら……」

ゆみちゃんが抑え込んでいた、自分を棄《す》てた両親への複雑な思い。自らすらも感知できない負の感情は、無意識下では、制御する自我の制約もなく、際限なく膨らむ。都合よくコントロールするために、表出実体がゆみちゃんの無意識をそそのかしているのではないだろうか。それを見越して両親に招待状を送りつけたのは、ＳＫの社長に違いなかった。

「そんなはずないじゃない。ナナイロ・ウツツオボエは、ゆみちゃんと直接つながってるわけじゃないのよ」

堀尾さんは、私の疑念を一蹴《いっしゅう》した。

「それより、もう一体のナナイロ・ウツツオボエはどこから来たのよ？」

「隣の施設で、ＳＫが暗躍していました。おそらく科学庁が絡んでいます。並列表出で、研究所の防御網も潜り抜けたんです」

「科学庁が？」

彼は表情を曇らせ、すぐさま文教庁の担当部局に連絡をとった。焦れるような時間が過ぎた後、押し問答のような応酬が続く。最後に彼は、「もう結構！」と金切り声を発して、受話器を叩きつけた。

「駄目！　状況を把握した上でしかるべき協議をする、ですって。そんなんじゃ間に合いっこないわ！」

彼は、「これだからお役所仕事は！」とわめきながら、鳥の巣頭を掻《か》きむしった。力はいくらでも壁を越えて干渉してくる。だが、組織の壁は容易に越えられない。

「それじゃあ、警察に出動要請を……」

言いかけた高畑さんに、堀尾さんが食ってかかる。

「警察に何て言うのよ！　不法侵入？　侵入してるのは表出体だけなのよ。相手にしてくれっこないわ」

実体のないものには、警察も手を出せない。実行力としても、制度の上でも……。

「仕方がないわね。ゆみちゃんを起こすしかないわ」

堀尾さんが、苦渋の決断のように、重く口にした。

「だけど、制御室はコントロールできないって言いましたよね？」

「非常手段だけど、強制切断はできるわ」

彼は自らを納得させるように声を高め、普段はシールドされている非常システムに手を伸ばした。

「そんなことをしたら、ゆみちゃんの安全は？」

疑似的であれ、ゆみちゃんによって表出されているナナイロ・ウツツオボエは、表出を解除すれば活動できなくなる。とはいえ、通常の表出状態でさえ、適切な解除の手順を踏まない急激な表出切断は、「内側」を大きく削る危険行為だ。ましてやゆみちゃんは、自分の力をはるかに超える存在を表出させられている。強制切断すれば間違いなく、衝撃で心が焼き切れてしまう。

「来賓にはお偉いさんもいっぱいいるのよ？　そちらの安全を優先させるしかないでしょう？」

「ゆみちゃんが廃人になってもいいっていうんですか」

「じゃあ、どうしろっていうのよ！　誰かが犠牲にならなきゃ、この騒動は止められないのよ！」

堀尾さんがヒステリックな金切り声を上げる。私は唇を噛んで、モニターの中の眠り続けるゆみちゃんの姿を見つめた。

「私が制御室に入って、直接ゆみちゃんを起こします」

「無理よ！　制御室はすでにナナイロ・ウツツオボエの影響下にあるのよ。制御室の技官もとっくに意識を抜かれてるわ。今のナナイロ・ウツツオボエは、ゆみちゃんを表出の宿主と思い込んでいるから、下手に手出しをしたら、すぐに攻撃を食らうわよ」

私とて、太刀打ちできるなどと自分を買い被ってはいない。だが、誰かが行かなければ突破口は開けない。

「日野原さん、あれが使えるかもしれない」

高畑さんは、解決策を探るように、ずっと何かを考えていた。

「あれって？」

「かくれんぼ、だよ」

ゆみちゃんがやって見せた、表出体の前で姿を消すトリックだ。表出実体であるナナイロ・ウツツオボエもまた、表出体の特殊な一形態なのであるから、同じトリックが通用する可能性はある。

問題は、ほんのお遊び程度にしか試していない方法を、この場面できちんと成功させることができるかどうかだ。

「あれから、個人的に練習し続けて来たんだ。自信はある」

彼の言葉が、私を迷いから一歩踏み出させた。

「やってみましょう」

制御室の扉を前に、さすがに身震いする。扉一枚向こうには、表出実体の放つ禍々し《まがまが》
いまでに強力な表出波が渦巻いているはずだ。

「それじゃあ、日野原さんの姿を表出するから、しばらく待ってくれ」

高畑さんは、寸分違わない「私」を表出すべく、私と向き合い、ためつすがめつ眺めた。そんな風に見られるのには慣れていないが、恥ずかしがっている暇はない。

何度か表出のタイミングを測るように眼をつぶった高畑さんは、「ごめん、ちょっと……」と言いながら、私の背後にまわった。

そのまま、私を後ろから抱き寄せる。

「すまない、だけど、こうした方がうまくいきそうだ」

「はい……、わかっています」

抱きすくめられて、そう答えるのが精一杯だった。

やがて、高畑さんの表出が整う。表出された「私」を目の前にするのは、奇妙な感覚だ。よく見ると、ファンデーションで隠した頬《ほお》のしみも消えているし、スタイルも私よりいいようだ。出会った頃の私のイメージが強いのか、理想化されすぎているきらいは

あるが、誤差の範囲と思っておこう。

「それじゃあ、入りますよ」

表出で姿を消した高畑さんの「OK」という声が、オペレーションルームから持ち出した簡易モニターの前から聞こえる。制御室には私一人で入るので、彼はモニターで確認しながら、私の動きに合わせて、表出した「私」を動かすのだ。

手動で扉を開け、私が進入すると同時に、高畑さんが外から扉を閉じた。私の動きに合わせて、高畑さんが表出した「私」も動く。「かくれんぼ」で、高畑さんが私の姿を表出し、同時に消去し続ける。表出実体からは、私の姿は見えなくなるはずだった。

私の防御抗体がゆみちゃんを包んだのを確認して、持ち込んだ非常用端末をゆみちゃんのヘッドコンデンサに接続した。手動で表出を解いてゆく。端末の「解除終了」の表示を確認して、私は彼女をそっと起こした。

「ゆみちゃん、起きて」

意識を取り戻したゆみちゃんが、周囲を見渡した。

「柚月さん、どうしてここに……?」

「話は後で、とにかくここを出ましょう」

制御室を無事に脱出し、ようやく人心地がつく。

「トラブルがあってね。ナナイロ・ウツツオボエが暴走していたの。でも大丈夫。もう表出を解いたから、騒動は収まったはずよ」

「表出を解いた？」

覚束ない声を発して、彼女は何かを探るように、身じろぎした。

「まだ、あの子は動いています」

私よりも何倍も鋭い彼女が言うのだ。間違いはないだろう。

――どういうこと……？

ゆみちゃんとの回路を切断してもなお、活動が止まらない……嫌な予感しかしない。

「とにかく、オペレーションルームへ！」

堀尾さんの元に駆け戻る。ホールの様子を映したモニターでは、変わる事なく二体のナナイロ・ウツツオボエが対峙していた。

「堀尾さん、どうしてまだ、動いているんですか」

堀尾さんが口をつぐむ。答えが見つからないからではない。口にするのをためらっている。

「はっきりしてください。ナナイロ・ウツツオボエが、自分の意思で動いているってことですね！」

堀尾さんの首が、重苦しく縦に振られた。

「じゃあ、ゆみちゃんが感じていた自我のエコーっていうのも……」

「表出実体だったみたいね。私たちは、いいように弄《もてあそ》ばれていたってことよ」

ナナイロ・ウツツオボエは、最初から制御などものともしていなかった。自分を閉じ込めた人間に罰を与える機会を、虎視眈々《こしたんたん》と狙っていたのだ。

「最悪の事態が起こりそうね」

「最悪？」

「今までは、ゆみちゃんっていう中継が負荷になって、ナナイロ・ウツツオボエは充分な力を発揮できずにいた。ゆみちゃんを起こしたことで、負荷が無くなって、思うままに力を発揮することが……」

その先を考えることを恐れるように、口を閉ざす。だが彼は、先を見通しているからこそ、沈黙せざるを得なかったのだ。オペレーションボードでは、緊急事態を示すアラート表示が赤く点滅している。

「表出者は全員、防御抗体を張ってホールに集合！」

堀尾さんが、全館放送で、表出者を緊急招集する。

「高畑さん、私たちも行きましょう！　堀尾さん、ここから指示をお願いします」

「わかったわ。柚月ちゃん、高畑さん、頑張って！」

再びホールに舞い戻った。

ナナイロ・ウツツオボエの姿に絶句する。

姿は何ら変わっていない。それなのに、ゆみちゃんの制御下にあった頃とはまるっきり違う。初めて目の当たりにした者ですら、魂に刷り込まれた絶対的な存在としてひれ伏させずにおかない圧倒的な威圧感で、そこに佇む。並列表出されたナナイロ・ウツツオボエとは格が違う。

枷《かせ》から解き放たれたナナイロ・ウツツオボエは、もはやSK側の一体を歯牙にもかけていなかった。ひと睨みされただけで、もう一体は自らを恥じるように姿を希薄にし、ついには消え去ってしまった。混乱を生み出すという思惑は充分に達せられたのだから、奥さまも満足だろう。

研究棟や管理棟にいた表出者たちが、事態の急変を知って、わらわらとホールに集まって来た。

「盾をつくって！　皆で抑え込むのよ！」

スピーカーから、堀尾さんの指示が飛ぶ。

防御抗体の一部を引き伸ばして硬質化し、対する表出体に向ける。刃物を持った暴漢を、さすまたを突き出して抑え込む要領だ。

こちらの意図を察し、ナナイロ・ウツツオボエはテレポートしたかのように、一瞬で立ち位置を切り替えてしまう。

——速すぎる！

的をしぼって攻撃を仕掛けることができない。高畑さんが、「駄目だ！」と絶望的な声を上げる。

問題は表出者側にもあった。今になってマニュアルを開いて、防御盾表出の手順をおさらいしている者までいる。絶対安全という言葉が逆に表出者を縛り、「危険が生じないなら対策も必要ない」へと悪循環し、基礎訓練の研修予算は大幅に削減されていったのだから。

そのうち、盾の表出で防御抗体が疎かになった表出者たちが、一人、また一人と、意識を抜かれていった。

戦うべき相手を失い、ナナイロ・ウツツオボエは、いよいよ復讐《ふくしゅう》に本腰を入れるはずだ。この場にはかつての軍部の関係者も列席している。今なら、彼らの意識を「焼き切る」ことも容易《たやす》い。それは、この国で表出の力の利用が始まって以来、最大にして最悪の事故を意味していた。

「誰か、何とかしなさいよ！」

堀尾さんのヒステリックな声が、スピーカーの音を割る。誰も手出しができなかった。

「面白い状況ですね」

淡々とした声。場をわきまえない声。そして、本当に面白がっている声。まるで、この時が来るのを待っていたかのように……。

魂を奪われた来賓たちが居並ぶ席で、濃いサングラスで表情を隠した姿が、退屈そうに立ち上がる。彼はずっとその場で、人々が慌てふためく様を見ていたのだ。単なる傍観者として。

「社長！」

「日野原さん。代わりましょう」

「駄目です！」

この強大な相手との対峙は、間違いなく社長の「内側」を大きく削り取る。社長は散歩でもするように前に進み出た。私の「駄目」が通じないのは、「交わり」と同様だ。

社長の力が、一気に放たれる。音も振動も生じない。それでもなお、超高速列車が目の前を過ぎ去ったかのように、真空を伴った衝撃が走り抜ける。

その瞬間、社長の姿が消えた。何かを表出しているのは確かだが、肝心の表出体が、どこにも見当たらない。

「これは、『姿無きもの』……？」

高畑さんが呻くように呟く。表出した対象を透明にしてしまう、「透過表出」という技術だ。

表出体を「表に出す」と同時に自身の姿が消えてしまうのは、一つの意識で二つの存在であるという自己矛盾に陥らないための、人間の防御本能によるとされている。

透過表出は、表出対象を透明にしてしまい、なおかつ、自分自身も姿を消したままなのだ。本来なら、自我の宿るべき居場所を見失ってしまい、表出どころではなくなってしまう。

だが社長は、セオリーなどお構いなしに、無造作に透明化をやってのける。表出者も表出体も気配を消した、完璧なる「姿無きもの」だ。

ナナイロ・ウツツオボエが、姿に似合わずたじろぐように首を振り、周囲を見渡す。気配を見せない相手の底知れなさを、本能的に感じ取ったのだろう。

突然、巨大な手で平手打ちされたように、ナナイロ・ウツツオボエが横ざまに倒れ込んだ。社長の表出体が、間近で強力な衝撃波を放ったのだ。ホールを強烈な磁場のように覆っていた縛りが、回路が切れたように途切れる。

「来賓の意識が戻った！」

催眠術師の「起きろ！」の合図で目覚めたかのようだ。来賓たちはぼんやりと周囲を見渡している。

「皆さん、ここは危険です。すぐに逃げてください！」

状況がわかっていない来賓たちを急《せ》かす。高畑さんが尻を叩くように避難させ、ホールには私たちだけが残った。

それは、社長がナナイロ・ウツツオボエと心置きなく対決できるお膳立てが整ったことを意味していた。

「フム……」

思いがけず、すぐそばで社長の呟きが聞こえた。物足りない風でもある。顎に手をやり、首を傾げているのだろう。

「さて、反撃に期待していますよ」

社長は、次は相手のターンだとばかりに、待ちの態勢だ。

ナナイロ・ウツツオボエが、むっくりと起き上がった。羽の七色が、怒りを示すように一段と輝きを増す。

甲高い咆哮《ほうこう》。すべてを睥睨《へいげい》し、支配下に置かずにおれない存在が、怒りを剝《む》き出しにしていた。びりびりと空気が震える。鼓膜を破壊される恐怖で、思わず耳を塞いだ。

思いがけないことが起こった。ナナイロ・ウツツオボエの姿が、徐々に縮んでゆくのだ。

「ナナイロ・ウツツオボエの力負けか？」

高畑さんが祈るように呟いた。

「いえ、違います。あれは……」

圧迫感は、むしろ加速度的に増幅している。空気を吹き込めば吹き込むほど、小さくなってゆく風船の姿を見るようだ。

「あれは、力を凝縮しているんです！」

次の瞬間、ナナイロ・ウツツオボエが、凝縮した表出波を一気に放った。全方向へ向けて、極小の銃弾が放たれたようなものだ。直撃を受ければ、いかに抗体を張ろうがひとたまりもない。高畑さんと私は、無駄なあがきだとわかっていながら、その場に身を伏せた。

「あ……、あれ？」

高畑さんが恐る恐る顔を上げ、無事をいぶかるように、手足を確かめる。

いつの間にか社長が姿を現し、私たちとナナイロ・ウツツオボエの間に立ちはだかっていた。表出波の「壁」をつくって、直撃を防いでくれたようだ。私たちを守るためには、透過表出を維持している余力はなかったのだろう。

初めて社長は、対等に渡り合える存在と対峙したのだ。

「失礼しました。ここからは、正々堂々と、力をぶつけ合いましょう」

社長はそう言って、人間に対するように、ナナイロ・ウツツオボエに向けてお辞儀をする。

「それでは、行きますよ」

戦いの第二幕の始まりを、社長が告げた。アクセルを踏み込んだように、社長とナナイロ・ウツツオボエの力が跳ね上がる。全力での力比べだ。凝縮された二つのエネルギー波がぶつかりあう。太陽表面に生じるコロナにも似て、溢れ出した力が周囲に噴き出す。

「社長は表出波によるシールドを作っています。私たちをこれ以上近づけたくないようです」

高畑さんに説明されるまでもない。「壁」で隔てられた外から、私はその戦いを安全に見守るしかなかった。檻の中の動物のように、なす術もなく……。

「なるほど」

社長は呟いた。目の前で生じている、自らの表出波の嵐《あらし》など埒外《らちがい》にあるように、静かに。

——喜んでいる……

私には与えることができなかった喜び。それを、ナナイロ・ウツツオボエは社長に与えることができる。こんな非常時なのに、嫉妬《しっと》すら覚える。私は「交わり」においてすら、社長を満足させることができなかったのだから。

社長がつくった「壁」は、人の「内」から表出されたものであるとはとても思えないほどに強固だ。それは、私を守るためか、それとも、邪魔をさせないためか。

——もしかして……？

奈落の底へ落ちてゆくような感覚の中、更なる悪寒が、私の背中を突き抜けた。社長は初めから、この事態に陥らせることこそが目的だったのではないのか。

「真実は細部に宿ります。全体を見通せるなどと過信してはいけません。我々が知り得ることなど、ちっぽけなものです」

社長はそう言った。一つ一つの「ちっぽけな」事実。それを積み上げていけば、自《おの》ずと見えてくるものがある。

今まで組織の動きに無頓着だった社長が、新研究所の建設に力を注いだこと。安全委員会を組織して執拗《しつよう》なほどの安全対策を講じ、研究所を守る体制は万全であると思い込ませたこと。禁断の並列表出ですら推進派だった奥さまの、突然の業界離脱。その動きすべての中心にあったのが表出実体だったとしたら?

それは最初から、表出実体を自由にするために、社長が仕組んだことではないのだろうか。だとすると奥さまが業界を離れたのは、外から社長の動きを支援するためではなかったか。文教庁と科学庁の省庁同士の暗闘という形を利用して、二人は望む状況を作りだしたのだ。

その「ちっぽけな」事実を積み上げた先にあるものは、先代社長が為し得なかったこと。表出実体の解放ではないのだろうか。

解放に至るシナリオは、眠り続けていた表出実体を覚醒させ、自らの力を使う意思を持たせること。そのためには二つのステップが必要だった。

数度にわたる実験でのゆみちゃんとの対話によって、表出実体は自我を取り戻した。封じ込められてしまった忌まわしい過去の轍《てつ》を踏まないよう、表出実体は、ゆみちゃんを通じて外の世界の知識を蓄えたはずだ。

そして奥さまが、ナナイロ・ウツツオボエ同士の対決という刺激的な舞台を用意することで、表出実体は、自らが強大な力を持ち、それを自由に行使できることを理解した。

では、その先にあるシナリオの結末とは……？

「日野原さん、後は、よろしく頼みます」

事務連絡でも告げるような、淡々とした社長の言葉。

「今回の一件で、業界は一からやり直すことになります。動物園の片隅で、子どもに夢を与える、古き良き時代に」

今日の出来事は、後世の表出者に「事件」として記憶され、人には制御できぬものもあるという警告を与えることになるだろう。絶対的な安全など存在しないことを、恐怖によって刻み込んで。

だけど、今はそんなことはどうでもよかった。

「社長、どうしてそんなことを言うんですか！」

問い詰めながらも、私はわかっていた。退屈な現実に生きることに倦《う》んだ社長は、最初から、表出実体との戦いを、自らの「最期」と見定めていたのだと。
なんて身勝手で、一方的で、そして馬鹿なんだろう。
「そろそろ、終わらせます」
社長はサングラスを外し、両手を広げて、ナナイロ・ウツツオボエの攻撃を誘う。
終焉《しゅうえん》という最高のエンターテインメントを与えてくれる痛撃を待ち構えるように。倦《けん》
怠《たい》を抱え込んだ普段の姿からは考えられない、至福の表情だった。
終わるのは、表出実体との対峙か。それとも、社長自身か。
――勝手に、終わらせはしない！
私は、表出波のぶつかり合う嵐へと、一歩を踏み出した。
「日野原さん！　巻き添えを食いますよ」
高畑さんが忠告する。高速回転する刃に手を伸ばすようなものだ。だが、私の怒りと
絶望は、それを忘れさせていた。
社長のつくった壁を、私は叩いた。社長と「交わった」私だからこそ、「扉」の開け
方は心得ている。同じ場所を、繰り返し、繰り返し……。癇癪《かんしゃく》を起こした子どもがお
もちゃを壁に投げつけるように、執拗に。
「扉」を無理やりこじ開け、社長の「内側」に入り込んだ。
――これは……

絶望と共に知る。社長が、私との「交わり」とは次元の違う高揚の中にいることを。私は否応なく、社長とナナイロ・ウツツオボエの「交わり」の海原に投げ出され、翻弄される。

大気圏突入と同様の、自身が焦げ落ちそうなほどの急激な落下に見舞われたかと思いきや、一転、殉教者が神の御許《みもと》へと近づく際のような、いっそ宗教的とすら思える上昇感覚が訪れる。

彼らは、孤高なるが故に孤独なのだろうか、それとも、孤独だからこそ孤高なのだろうか。「対」となる相手が存在しないことの孤独が、二つの存在を結びつけた。二つの孤独が混じり合い、その海は奥底知れず深く、そして蒼《あお》かった。

それは、戦いであって、戦いではなかった。

強大過ぎる力がぶつかり合い、光を放つ。現実的な「輝き」ではない。だからこそ、一旦輝きとして感覚が認識してしまえば、とどまることを知らず、光度を上げ続ける。温かさが耐えがたい悪寒となり、冷ややかさがじりじりと熱する。

空間が、歪《ゆが》む。編み込まれた歪みが、幾重にも重なり、強固な壁となって、私を取り巻く。それはもはや、ナナイロ・ウツツオボエでも社長でもなく、圧倒的な意志そのものとなって、その場を支配していた。

社長の「内側」が溶解する。不思議に、侵食される絶望感はなかった。無垢《むく》な赤子に戻るように、社長の「内側」の業が洗い流されてゆく。

——社長を、残してください。どんな形でも構わないから……

今はただ、社長が消えてしまわないことを願うことしかできない。

ずっと私を縛り続けてきた、眼に見えない「檻」。時に私が遠くへ羽ばたくことを遠ざけ、時に強固な盾となって守ってくれる、絶対的な存在……。檻は社長そのものだった。私は檻から抜け出せなかったのではない。抜け出さなかっただけなのだ。

そしていつしか、抜け出せないと思い続けること自体が、私を縛る檻になっていた。

社長は決して、私を寄せつけない。遠ざかるものよりも、どれだけ近づこうとしても距離が縮まらないものの方が、より絶望を感じさせる。それでもどんな形であれ、社長と共にいて、私は幸せだった。どんなに「交わって」も、社長とは「交われない」とわかっていても……。

究極なる表出体の気まぐれな息吹が、私に向けられた。ナナイロ・ウツツオボエが、私に笑いかけたような気がした。

傲慢《ごうまん》で無知な人間の、願いの愚かしさを嗤《わら》うのか。

それとも、はかなくもろい人間が、届かぬものを思って願うことを赦《ゆる》してくれるのだろうか。そこに救いが無いとしても……。

衝突したような衝撃と共に、私と社長の身体が弾き飛ばされた。

次の瞬間、ナナイロ・ウツツオボエは一段と輝きを増し、何ものにも制御されない光そのものとなって、すべてを白く染め上げ、上昇していった。

終わりは来る、どんなことにも。

永劫《えいごう》に続くかに思える事象ですら、いつかは終焉を迎える。それがどんな結果であるかを考慮しなければ……。

研究所は、秩序を取り戻していた。その場を制御するものは、人間でもなく、表出体でもなく、ただ、時の流れだけであった。

「社長……？」

恐る恐る、声を発した。強烈な「光」のせいで奪われた視界が、少しずつ戻ってくる。

返事は無かった。

「社長。いるんでしょう、そこに？」

私はゆっくりと、眼を閉じた。

このまま暗闇の中にいれば、真実を見なくて済むのだから。

見届けることを躊躇《ちゆうちよ》したまま、私は眼を閉じ続けた。

# 遊園地

六体の相似形の生物が、正六角形の配列で立ち並ぶ。

六体は一斉に羽の毛繕いをはじめ、首を折り曲げて、右の翼の根元に器用にくちばしを差し入れた。しかるのち、天に向けて一声高く鳴き、羽を大きく広げる。

揃《そろ》い立った動きに、観客たちから歓声が沸き上がった。

揃っているという表現は適切ではない。正確には、「同じ」である。ためしに六体それぞれを録画して、映像を重ねてみたらわかるだろう。動きに寸分の違いも無いことが。

ナギサヒトモドキは、鳥類と哺乳類の中間の生態を有する。

彼らは単独行動をせず、必ず群れで生息する。だが、その様態は、一般的な野生動物とはかなり異なる。彼ら群体の動きは、シンクロナイズドスイミングにも形容される。「統一されている」という表現すら手ぬるいほどに画一的である。

ナギサヒトモドキは、およそ二百年前に「発見」された。だがその実体は、当時の一級表出者であり、以後の表出の方向性を決めることになったルイス・コールドマン子爵が、自身の表出技術訓練のために出現させ、動かしていた、「何ものでもない」生物だ。

昔も今も「人間による生物の姿の表出」が公表できないことに変わりはないが、当時の世相では、知られれば魔女狩りのような弾圧を受けるだろうことは論を俟《ま》たなかった。そのため、子爵は名乗り出ることもできず、以後二百年間、ナギサヒトモドキは表出によってのみ、世間に姿を現し続けた。

本来、実在しない動物を表出することは難しい。だがナギサヒトモドキは、過去に連綿と表出されてきた歴史によって、実存動物に準じた存在として表出が可能になった、表出者にとっても特別な動物であった。

ナギサヒトモドキの表出には、「ミラー」という特殊な技術を必要とする。表出は通常、表出者が一人で、心に思い描く動物を出現させる。だが、ミラーの場合は、二人の表出者が意識を合わせることから始まる。

まずは一人が、一体のナギサヒトモドキの姿をイメージ化する。もう一人の表出者が表出するのは、表出対象そのものではなく、「ミラー」だ。

通常の表出は、「イメージ化」→「融合」→「対流域確定（拡散）」→「固定《キープ》」という四つのプロセスを経て完成させる。イメージ化で、出現させたい動物の具体像を明確にし、融合によって、その存在と自己の意識を同一化するのだ。

それに対してミラーは、特定の形を伴った表出ではない。具体的な存在そのものは顕現化させず、ミラーの名前通り、「鏡」を表出する。とはいえ、板状の物体としての鏡を想定したものではない。「像を取り込み、反射する」という、鏡によって生じる現象そのものをイメージ化する。

表出者は原則として、自らのイメージした動物しか表出することはできない。だが、物心ついてからずっと鏡を見馴《みな》れ、「鏡は、現実世界の動きすべてをそのままに写し取る」という固定観念を持っていることが、ミラー表出を可能にする。

最初に表出されたナギサヒトモドキの斜め右六十度の角度に、もう一人の表出者は、自らの表出した「概念としてのミラー」を置くことで、「像」として取り込み、しかる後に「反射」させる。

それを二人の表出者が交互に繰り返し、合計六体の表出を完成させる。要は合わせ鏡で、鏡の中心に置いた物体が無限に増殖していく原理と同じだ。その原理からすれば、ミラーによって無限に増殖させることが可能である。もっとも、増やせば増やすほど、その輪郭はぼやけてしまう。それ故、六体程度にとどめるのが理想とされている。

ナギサヒトモドキは、保護対象生物として認知されており、全世界に五十二体しか生息しないことになっている。それ故、表出者も無尽蔵に表出数を増やすわけにはいかず、事前に届け出ておかなければならない。世界に同時に存在するナギサヒトモドキが、五十二体を超えてしまわないようにだ。巨大テーマパークのマスコットキャラクターが、敷地内の違う場所で二体同時に出現しないように調整されているのと同じように。

ナギサヒトモドキは、表出自体はさほど難しい生物ではない。だが表出にあたっては、専用の分厚いマニュアル書を熟読しなければならない。大きさ、色、形状、動き、表情、習性……。ありとあらゆる生態が、細部にわたってマニュアル化されている。

実在しない生物なのだ。どんな動きをさせようと、正解も間違いもないはずだ。だが表出者は歴史を背負い、次の世代の表出者へと受け渡す義務を負う。自己の判断で、動きに過不足をつける余地はない。

培ってきた力そのものが、表出者を強く戒める。

人にはない力を手に入れた筈《はず》が、私たちは、しっぽの動かし方を過去の表出と合わせるべく、地道な努力を重ねなければならないのだ。

――そろそろか……

腕時計を確かめ、私は手にしていた文庫本を閉じた。

表出中は、私の姿は観客の前から消え去るので、どんな姿勢で臨もうが構わない。

動物園との契約では、午前と午後に一度ずつ、ナギサヒトモドキの動きの最大の見せ場である「求愛」の様子を観客に披露することになっていた。午後の部は二時四十分からと、もう一人の表出者と決めていたのだ。

二時四十分。手筈通り六体は、一斉に天を仰いだ。正六角形の中心に向けて、少しずつ、互いの間隔を狭めてゆく。三歩進んで二歩戻るという、もどかしくも着実な動きによって。

その求愛行動は、極めて独特なものだった。

南洋の国々の民族舞踊のように、男女が限りなく身体《からだ》を寄せ合いながらも、決して触れることなく、究極のエロスを表現するのにも似ている。激しく複雑、かつ精緻《せいち》で規則性を持つ。それが、ナギサヒトモドキを観賞する上での一番の名物となって、観客を魅了する。

やがて六体は、万華鏡の中心に集まった図柄を思わせて、身を寄せる。それ自体が一つの巨大な生き物であるかのように。

身体を覆った長い体毛の下部で、人のそれと寸分たがわぬ形状の雄の生殖器が、むくむくと姿を現す。ナギサヒトモドキはすべての個体が両性具有であり、男性器、女性器の両方を備えている。互いが、互いの「収まるべき場所」を求め合うように、中央に密集して寄り集まる。

——求愛行動……

変に意識してしまったせいで、一瞬別のイメージが湧き上がる。ナギサヒトモドキの求愛行動を、私自身のものとして錯覚してしまったのだ。

錯覚は、表出時には致命的なミスにつながる。本来、私たら表出者の「観《み》せる」行為そのものが、人々の感覚のあやふやさの上に成り立っている。当人が錯覚を招き寄せれば、表出体の異常に直結する。

――しまった！

遠くの景色から急に手元に視線を落として、視界の遠近の切り替えが覚束なくなるように、私は一瞬、ミラーの出力の増減を見誤ってしまった。

六体のはずのナギサヒトモドキが、七体に増えてしまう。

「んもぅ！」

隣から、小さな叱責《しっせき》の声が漏れる。

「ごめんなさいっ！」

小声で謝って、急いで気分を切り替え、再び表出を整えた。七体に増えたのは、ほんの一瞬のことだった。隣にいるはずの同僚が、とっさに七体目の存在を「消して」くれたからだ。

とはいえ、一旦出現してしまった七体目は、意識して消そうとしても早々に見えなくなるわけではない。同僚は、即座にミラーの角度を調節して、六体目のナギサヒトモドキと七体目とを、寸分違わず重ね合わせてしまったのだ。

表出の原理としてはもちろん可能だ。だがそれは、「飛んでくる弾を弾丸で撃ち落とすことができる」と言っているようなもので、超高精度のコントロール能力が必要だった。

彼のフォローがなければ、観客たちは、突然の事態に大騒ぎしていたことだろう。

◇

その日の展示を終えて、同僚はさっそく私に食ってかかった。

「んもぅ、お姉さん！　どういうつもりなの？」

「……ごめんなさい。たくや君」

子どもだからこそ、大人のしでかした失敗には容赦ない。

閉園後の見回りをしていた動物園の係員が、物珍しそうに私たちのやり取りを見ていた。

「だいたいさぁ、何であんな失敗しちゃったの？」

たくや君は、いっぱしの大人ぶって腕を組み、私を睨《にら》んだ。初歩的すぎるミスなので、どんなに糾弾されても仕方がない。

「あ……うん、ごめんなさい。何だか少しぼーっとしちゃった」

表出した動物の求愛行動を、自らに置き換えてうろたえてしまったなど、話せるはずもなかった。

「……しっかりしてよ、お姉さん」

たくや君は頬《ほお》を膨らませて、あからさまなむくれ顔だ。

「ボクよりずっと長い間、この仕事をしてるんでしょ？　どうしてボクの方がお姉さんを助けなくちゃいけないのさ？」

お目付役のはずなのに、助けられては本末転倒だ。反論のしようもない。

「ごめんね」

私は素直に、頭を下げるしかなかった。

たくや君自身には、あの行動が性愛というものだという認識はない。単に、ナギサヒトモドキの動きとしてマニュアル化された動作を、一分の狂いもなくやってのけたに過ぎない。

無知ゆえの正確性に、私は何の弁解もできなかった。

「……まあいいや。誰も気付かなかったみたいだしね。それよりお姉さん、お腹がぐうぐう鳴ってるよ。早く晩ごはん食べに行こうよ！」

たくや君はようやく機嫌を直し、お腹を押さえた。

「野崎《のざき》さん。お久しぶりです！」

動物園の前で待っていてくれたのは、かつてこの動物園で飼育係を務めていた野崎さんだった。

「よう、日野原《ひのはら》さん、しばらく見ないうちに、しっとりとした大人の女になったもんだな」

「そんなこと……」

恥じらうような年でもないが、そう言われて悪い気はしない。野崎さんは一転、微妙な表情になり、私の隣に視線を移した。

「え〜っと、んで、こちらが……」

「はじめまして、たくやです」

たくや君は元気に手を上げて、勢い良くお辞儀をした。

あらかじめ電話で、たくや君を連れていることは断っておいたが、それでも野崎さんは、戸惑いを隠せないようだ。

「ああ、ええっと、野崎のおっちゃんだよ。よろしくな」

「へえ、野崎のおっちゃんかぁ。お姉さんとは、どんな関係なの？」

「ええっと……、そうさなあ、親戚のおじさんみたいなもんかな。なあ、ユズキさん」

「ええ、そうよ。お姉さんの相談に乗ってくれる、大事なおじさんなの」

「そうかぁ。いつもお姉さんがお世話になってます」

まるで自分の方が保護者だといわんばかりに、かしこまった挨拶《あいさつ》を披露する。野崎さんは、苦笑いを浮かべてそれを受け止めた。

「さて、どうするね。子連れで居酒屋ってわけにもいかんだろうし」

野崎さんの行きつけにしている店のレパートリーには、たくや君を気軽に連れて行けるような場所は少なそうだ。

「どこでも大丈夫ですよ。でもできれば、個室があった方がいいかな」

結局、十二年前に野崎さんに連れて行ってもらった小料理屋に行くことにした。店は娘さんに代替わりしたらしく、以前の女将《おかみ》の面影を残した若女将が迎えた。三人の関係を理解不能だというように一瞬だけ眉《まゆ》をひそめた後、すぐに商売上の微笑《ほほえ》みを顔に張りつける。

「部屋を使わせてもらってもいいかい？」

二階の一室は、個室というよりも、従業員の休憩所のようであったが、かえってそんな空間の方が落ち着くのは確かだ。

「たくや君、何を食べよっか？」

「うーんと、どうしようかな」

メニューを広げて、たくや君はあれこれと目移りしている。

「板長は一通り料理の修業してきた奴だから、相談すりゃあ、子ども向けの物もつくってくれるよ」

リクエスト通り、グラタンとオムライスをつくってもらえることになって、たくや君はすっかりご機嫌だ。

「それじゃあ、とりあえず」

「お疲れ様です」

「いただきまーす！」

野崎さんと私はビール、たくや君はコーラで乾杯する。

「しかし何だってまた、ナギサヒトモドキの展示なんてすることになったんだい？」

ビールの泡の口ひげをつけたまま、野崎さんは首をひねった。かつて飼育員として動物園に携わった者として、ナギサヒトモドキの特殊性は理解している。

「園の方も、よく展示依頼するだけの予算があったもんだな。記念事業ってわけでもないのに」

ナギサヒトモドキを表出できる表出者は国内でも数えるほどだ。それに、二人の表出者が必要とあって、日々の餌代《えさだい》にすら汲々《きゅうきゅう》としている動物園の予算で手が出せる展示動物ではなかった。

「まあ、いろいろと理由がありまして……」

あり余る力を持ったくや君は、パワーが注がれ続ける蓄電器のようなものだ。常にその力を「放電」させる場が必要だった。私はこの五年間、たくや君と共に全国の動物園を巡回し、格安の料金で表出展示を請け負っていたのだ。

「ところで、会社名が変わったみたいだが、転職したのかい？」

「ええ、前の会社は、今はもう、なくなってしまいましたから」

私は新しい名刺を渡した。受け取った野崎さんは、ためつすがめつ眺めて、ふと思いついたように顔を上げた。

「ＳＫエージェンシーって言やぁ、確か、あん時の……」

「ええ」

十二年前、私が野崎さんと出会った際の展示を思い出す。

動物園の記念事業で、当時私が所属していたハヤカワ・トータルプランニングは、稀《き》少《しょう》動物であるヒノヤマホウオウの表出展示を請け負った。ＳＫエージェンシーは、強引な営業手法で私の会社に取って代わったのだ。結局、未熟な表出者を使ったことで、「ニセモノ」であることがあからさまとなり、動物園に大恥をかかせてしまった。この地方では大きなニュースとして取り上げられたものだ。

「なんだってまた、ライバル会社に？」

「紆《う》余曲《よきょく》折《せつ》ありまして……」

私はそう答えるにとどめた。二つの会社の奇妙すぎる関係を、話したところで理解してもらえるはずもなかった。

業界的には、ハヤカワ・トータルプランニングとＳＫエージェンシーの合併は、ＳＫ

による「乗っ取り」として認識されている。片や業界の老舗《しにせ》でありながら、大きな事業拡張をせず、少数精鋭で高い力を発揮し続けた古参企業。一方、SKは後発の、貪欲《どんよく》に利益を求めて組織拡大を繰り返した企業だった。

本来なら相容《い》れない二社が合併し、SKエージェンシーは業界最大手となった。業界が大きく揺れたのは当然だった。

結果的に、合併は大きな効果を生むことになった。ハヤカワ・トータルプランニングが培ってきた動物園との信頼関係をもとに独占契約を手中にし、SKエージェンシーの新参ならではの柔軟性で、動物園側の求める「行動展示」の要求に柔軟に対応した。

SKエージェンシーは飛躍的な発展を遂げた。もしかすると二人の社長は、この時を見越して二つの会社を敢《あ》えて対立させていたのではないかと思えるほどに……。

「もっとも、私はずっとたくや君と一緒に全国をまわっていますから、会社に顔を出すことは滅多にないんですけど……」

私の置かれた微妙な立場を察してか、野崎さんは一人合点するように頷《うなず》いた。

「まあ、何にしたって、こうやっておんなじように働けてるってだけでも、充分かもしんねえなあ」

この業界は、大きな騒動を経て原点回帰を余儀なくされた。新規参入業者は相次いで廃業し、業界は老舗を中心とした十社に再編された。

表出者はすべて、表出力を計測された上で十社に帰属し、表出力の弱い者は「表出利用廃止届出書」を提出して、業界から離れていった。残った表出者も、昔のように動物園の片隅で、その場にいない動物を表出展示することに集中している。

それが良かったのかどうかは、私には判断できなかった。

だが少なくとも、力が暴走する危険は二度となくなったのだ。

少し眼《め》を離した隙《すき》に、たくや君は私のウーロンハイをウーロン茶と間違えて飲んでしまい、真っ赤になってひっくり返ってしまった。座布団を並べた上に丸まって眠っている。

「こうして眠っちまうと、無邪気なもんだねえ」

焼酎《しょうちゅう》のお湯割りに切り替えた野崎さんは、たくや君の寝顔を見ながら、複雑そうにつぶやく。

「女性に年齢を聞くのが野暮ってなあ、ワシもわかってるが……、ユズキさんはいくつになったんだっけな？」

「来年は、いよいよ四十歳、ですね」

「四十か……」

野崎さんは、その数字をまろやかに熟成させるようにグラスを揺らすと、焼酎を一息で呷《あお》った。

「昔、ユズキさんは言ってたよな。自分を囲む檻《おり》がもし無くなったとしても、怖くって身動き取れなくなるかもしれないって」

「よく覚えていますね」

あの頃の私は、羽があるのに飛べない、そして飛ばない自分自身へのもどかしさを、常に心の奥底に抱え込んでいた。

「十二年経《た》った今は、どうなんだい？」

「今の私は……」

あの頃、私を縛っていた檻は、今はもうない。ないはずだった。それなのに私の羽は、自由に羽ばたくことをやめて久しい。

「まだ、私に羽はあるんでしょうか？」

酔いも手伝って、私は、生まれたてのヒナのようにおどけて、両手を羽のように動かしてみる。

「見たとこ、羽は無いみたいだけどなあ」

どんなに表出の力で、空飛ぶ鳥の姿を導き出せたとしても、自分自身の身体に羽をはやすことはできない。

「だけどまあ、空を飛ばなきゃ、遠くまで辿《たど》り着けないってわけじゃねえしなあ」

野崎さんはそう言って、焼酎のお湯割りを私の分もつくってくれた。

結局、たくや君が眠ったままなので、お店にタクシーを呼んでもらい、ホテルに戻ることにした。

「宿は、どこに取っているんだい？」

ホテルの名前を告げると、野崎さんは見当がついたように頷いた。

「ああ、遊園地の向こうか……」

「ええ」

四年前、「子ども夢文化創造事業」によって、次世代遊園地として全国五カ所につくられたうちの一つだ。次世代とは、「次の世代を担う子どもたちに夢を与える場所」であり、「かつてない新世代コンセプトの遊園地」であるというダブルミーニングとなっている。

「不況だし、子どもも減ってるってのに、何だってあんなもんをつくっちまったんだか、知れたもんじゃねえが……」

もちろん、子育て関連の事業には、どこからも反論が出にくいという取り組みやすさがある。とはいえ、長引く景気低迷に特効薬的な効果があるわけでもなく、なぜ現政権がここまで強引に推し進めたのかを疑問視する声は絶えない。

「遊園地と言やあ、何だか最近、幽霊が出るって噂《うわさ》になってるそうだよ」

「幽霊ですか？」

どう反応すべきかと迷った挙句、微妙な笑顔で問い返した。

「まあ、あんたたちみたいに、自由に他の生物に化けられる人間にゃあ、幽霊なんざ怖くはないのかもしれんなあ」

確かに、私たちの表出した生物が一般人に見咎《みとが》められ、地域の恐怖譚となってしまった例は数多い。心霊スポットなるものの半ばほどは、表出者が隠れて修業をする場所だった。

「なんでもなあ、女の子の幽霊がいるらしいんだわ」

「野崎さんも、ご覧になったことがあるんですか？」

今では三人の孫がいる野崎さんは、遊園地に行く機会も多いだろう。

「それがな、出るのは決まって、『子どもの王国』の日らしくってな。ワシみたいな年寄りの前にゃ、姿を見せちゃくれないのさ」

野崎さんは残念そうに肩をすくめた。

「孫の学校じゃ、夜になっても、一人で遊園地で遊んでるんだって噂されてるってよ」

タクシーの後部座席に、たくや君の身体を無理やり押し込んだ。

「それじゃあ、おやすみなさい、野崎さん」

「ああ、気を付けてな。近いうちに、動物園に様子を見に行くよ」

野崎さんの手を振る姿に見送られ、タクシーは走り出した。たくや君は身体を折り曲げて、私の膝枕《ひざまくら》で眠っている。膝の上の無防備な頭を、私はそっと撫《な》でた。

——私を囲む檻……

かつてそのイメージは、常に私に付きまとい続けた。

今はもう、檻は存在しない。解放されたわけではない。檻はある日突然、私の周囲から姿を消してしまった。

膝の上で眠っていたたくや君が、突然身を起こした。

「何だか、おかしいよ？」

たくや君には、眠りと覚醒の中間はない。眼を開けたその瞬間から、彼は覚醒の只中《ただなか》にある。

「誰かが呼んでる」

「呼んでるって？」

窓を開けて耳を澄ますが、車の走行音が聞こえるばかりだ。

「違うよ。声で呼んでるんじゃないよ！」

表出者にしか感じ取れない気配をキャッチしたようだ。たくや君は、すぐにでも表出波の「触手」を伸ばさんとする勢いだ。

「たくや君、駄目よ、ここじゃ」

運転手さんの目の前で、姿を消させるわけにはいかない。過去の表出者の、「タクシーに乗った幽霊」の轍《てつ》を踏んでしまう。

「ねえ、運転手さん、止めて！」

たくや君は、言い出したら聞かない。それにこれはわがままではない。彼は表出波に関して言えば、歩くレーダーそのものだ。確実に何かが起こっている。

タクシーを降り、見知らぬ土地を見渡す。道路に沿って植えられた木々が視界を遮る。そこはかつて、大手機械メーカーの工場だったが、海外移転した後、長く跡地は利用されず、放置されていたのだ。

「この中から、誰かに呼ばれた気がするんだ」

たくや君は、木々の向こうを見通そうとするように背伸びをした。

「ここは、遊園地ね」

夜の十時を過ぎており、遊園地はとっくに閉まっている。

「この時間には、警備員くらいしか中にはいないはずだけど」

遊園地には光もなく、街路樹が風を受けて微かにざわめくだけだ。

「そういえば、野崎さんが、最近幽霊が出る噂があるって言ってたわ」

「幽霊かぁ……」

たくや君も、幽霊に対する恐怖心はない。何らかの「力」の発露として見ている。

「ねえ、お姉さん、調べてみようよ」

「でも……」

研究所での事件以降、表出者の活動は大幅に制限されている。力の使用時間から使用範囲、目的まで、厳格に管理されているのだ。事前の申請なしに力を発揮することは、重大な規則違反になる。

「たくや君、私たちはね、普通の人とは違う力を持っているの。だから、決められた形でしか、力は使っちゃ駄目なのよ」

たくや君が真正面から私を見つめる。

「お姉さんは、何のために力を持ってるの？」

思わず眼を逸《そ》らした。それでもなお、たくや君の視線は私に突き刺さり、内部から見つめ、見通し、見透かす。

「力を持ってる誰かが困ってて、助けを呼んでいるのかもしれないんだよ。放っておいていいって言うの？」

「……わかったわ。たくや君の言う通り」

結局私は、たくや君には逆らえないのだ。

遊園地は柵《さく》で囲われ、セキュリティもあるだろうから、乗り越えて侵入するわけにはいかない。とはいえ私たちは、そんな苦労とは無縁だった。

「じゃあ、飛ばしてみる?」

「うん!」

それぞれ、「空を飛べる存在」を表出し、夜空に翼をひろげる。私がセレクトしたのは、夜目が利くフクロウだった。

もちろん、表出された鳥に夜目などあるはずもないが、昼間に見かける鳥は夜目が利かないという私の心に植え付けられた固定観念は、実際に表出した鳥の視界を遮ってしまう。

そんな私を尻目《しりめ》に、たくや君が表出したのは、「超合金の鳥」だった。

――機械表出……

内心のため息と共に、一目散に私のフクロウを追い抜いてゆく金属の翼を見送るしかなかった。

図書館の野性の影響下にある本や、ミラー表出など、表出者はある一定の条件の下で、無機物も表出することが可能だ。だが、機械を表出することは禁じられている。誰もが何度も経験した、機械の故障というアクシデントのイメージが、表出体に影を落とす可能性があるからだ。

もし表出中に機械が「故障」してしまうと、融合を解く際に、表出対象からのフィードバックを自己の意識が受ける。下手をすると、自身が「故障した機械」側に乗っ取られ、身体の動作の自由を奪われてしまう。

厳に戒められた行為ではあるが、たくや君はお構いなしだ。子どもの想像力の柔軟性の前では、表出者を保護するための細かな規定など無意味だった。

超合金の鳥は、縦横無尽に飛びまわった。ステルス機能、ジェット噴射、ホバリングと、奔放すぎる発想力で、気の赴くままに機能を追加されながら。

「お姉さん、ここってホントに、遊園地なの？」

たくや君が戸惑うのも無理はない。上空からは、遊園地という言葉から連想される観覧車も、ジェットコースターも、メリーゴーランドも見通せない。

「ここは最新型の、屋内遊園地なの」

「子どもの、子どもによる、子どものための」が謳《うた》い文句の次世代遊園地だ。子どもだけでの入園であれば無料になることから、実に八割の入園者が、子どもだけでの来場だという。

遊園地はドームで覆われ、周囲から隔離されている。子どもたちは完璧《かんぺき》に守られる。違う見方をするならば、厳重な監視下に置かれているわけだ。

子どもは親に干渉されずに自由に遊ぶことができ、親にとっても、子どもの手を離して息抜きができるとあって、子育て世代からは、おおむね好評をもって受け入れられている。

遊園地をすっぽりと覆うドームの周囲に、表出した鳥を飛ばし続ける。

「お姉さん、あそこから入れそうだよ」

超合金の鳥のサーチスコープが、侵入できそうな箇所を探し出した。排気口のようだ。単なる遊園地にしては複雑な形状の排気口から、内部へと侵入を試みる。

「あれっ？　入れないよ」

透明なゴムの膜にぶつかったように、私たちの表出した鳥は弾《はじ》き飛ばされた。たくや君は、鳥を大きく旋回させて勢いをつけ、放たれた矢のように排気口に飛び込ませた。

「いった〜い！」

表出体を通じて疑似衝撃が伝わったのだろう。たくや君は頭を抱え込んでいるようだ。

「これは、表出波防御システム？」

外部からの表出波の干渉を退けるための、機械的な警備だ。この遊園地は、研究所と同じシステムで防御を固めている。しかも、たくや君ですら侵入を許さないほどに強固に。

――いったいなぜ、こんな場所に？

いくら最新型の次世代遊園地とはいえ、表出者に対する防御を固める必要性がどこにあるだろう？

首を振って、それ以上の詮索《せんさく》を追いやった。今、私がすべきことは、真相を確かめることではない。一刻も早く、ここからたくや君を遠ざけることだ。

「これじゃあ、調べるのは無理ね。たくや君、そろそろホテルに戻りましょう。もう夜も遅いよ」

「うん……。何だか声も聞こえなくなっちゃったよ」

たくや君は、名残《なごり》惜しそうに、超合金の鳥を旋回させ続けていた。

◇

翌日は、あいにくの雨だった。獣舎の庇《ひさし》の下に折り畳み椅子を二つ置き、ナギサヒトモドキの表出展示業務に就いた。

「雨だから、お客さんも少ないでしょうね」

「そうだね」

たくや君の声は、雨にけぶる景色のようにうつろだった。昨夜の一件に、まだ心が向かったままなのだろう。

それでも彼の表出したナギサヒトモドキには、まったくブレがない。研究所での測定実験によると、彼は合計三百体のまったく別の動物を同時に表出することが可能だった。心ここにあらずでも、ミラーによる表出など、何ほどのこともない。

表出が安定したところで、私は社長代行から送られてきたデータをチェックするために、ポータブルデバイスを開いた。先日首都で開催された会議の様子が録画されていた。

同盟国との間で交わされた、「表出力の国家利用に関する覚書」に基づいて開催された国際会議だ。議事内容は、表出者の未来を根底から覆しかねないものだった。

「戦争が終わって……既に五十年以上が経っています。この国の表出者は、ぬるま湯のような安寧の上にいるのですね」

同盟国側の発言を同時通訳する女性の声は、感情を排し事務的すぎるだけに、一層この国の表出者が直面せざるを得ない現実を突き付ける。

同盟国にとってこの国は、自国の覇権を維持するための、地理的、経済圏的な両面における防波堤であり、橋頭《きょうとう》堡《ほ》でもある。その機能を強化することが、より一層求められていることは報道でもわかる。そして今、私たち表出者もまた、防衛の名を借りた「外圧」を製造する装置の一つとして組み込まれようとしていた。

「どうやら、表出者を国家利用しようという計画は、最初から既定路線として決まっているようですね」

そう答えた社長代行もまた、防波堤であり、橋頭堡だと言えるだろう。この国の表出者の、権利と自由を守るための。

表出者は、国民皆兵が当然とされてきたかつての戦争で、軍部によって利用されそうになった。だからこそ戦後、軍部の解体と共に表出の技術に国家が関与することが禁じられ、民間企業による平和利用に限って技術利用が再開されたのだ。その動きに力を尽くしたのが業界の老舗五社であり、中心人物が、ハヤカワ・トータルプランニング、旧早川綜合《はやかわそうごう》企画の初代社長だ。

そうして、表出者は業界の自主規制によってのみ、力に制限を加えられた。それが正しく機能していたからこそ、国家に口出しをさせて来なかったのだ。

そして時は過ぎ、世の中の規制緩和の流れは業界にも波及した。五社だけで独占していた「表出マニュアル」を、新規企業へも開放したことで、多くの後発の企業が参入してきた。業界は活性化し、図書館の野性を利用して本の飛翔を見せる「夜間開館」をはじめ、動物園での展示業務以外での、表出力の利用がさまざまに検討されだしたのもこの頃だ。それによって、多くの企業による過当競争状態になってしまい、タガが外れてしまった側面もある。未熟で職業意識の低い表出者が増え、多くの問題が生じだした。基礎的な技術すら持っていない、状況が変化したのは、十一年前の図書館での事件からだろう。表出者が図書館の野性に自己の意識を乗っ取られるという異常な事態を逆手にとって、「上級表出体との同化による飛躍的な表出力向上」という新たな考え方が生じた。その結果、戦後一貫して貫かれていた、国家と関わらないという方針は大きく転換されてしまった。文教庁《ぶんきようちよう》の監督下で新研究所が建設され、表出実体による表出力強化実験が行われたのだ。

そして研究所で起こった「事件」によって、表出実体による計画が頓挫《とんざ》し、表出力の利用に様々な制限が加えられることとなった。この国の表出者は安全ではあるが、思いのままに力を発揮することができない日々を送っていたのだ。

だがそれも、束の間のものでしかなかった。我々は、防衛の装置として、海外との暗闘の矢面に立たされようとしている。そこには、前政権によってボタンを掛け違ってしまった同盟国との関係を再度強化しようという現政権の思惑もあるのだろう。

「もし、あなたが……、政治を司る人間だとしたら、人に危険を及ぼしかねない特殊な力を持つ者を、民間企業で自由に活動できる環境に、置くでしょうか？」

通訳者によって平板に変換された同盟国側の問いは、残酷なものであった。自分たちが異端であり、危険分子であるという、眼を逸らし、耳を塞ごうとしてきた事実を突き付けてくる。

「表出者である以前に、彼らは一人の人間です。力を自由に発現できる機会を奪って、国家に帰属させる……。そんな事が許されるはずがありません」

社長代行は、この国の表出者を守るために、毅然《きぜん》として切り返す。だがそれも、押し寄せる国家利用という津波の前には無力だった。

「表出者の自由性について我々が疑義をたださざるを得ないのは、その力の特殊性ゆえであると共に、精神性の問題でもあります。人を凌駕《りょうが》する力を持っていながら、それを制御する心は、一般人となんら変わりないのですから」

表出者の管理では、同盟国は一歩も二歩も先んじている。表出者個々人の力はすべてデータとして蓄積され、「国家に供する」ために利用される。

通訳者は、同盟国代表の言葉を淡々と翻訳して告げる。

「であるからこそ、この国においても、表出者の力はすべて国家によって管理されるべきであるし、それは議論の余地もない未来なのです」

この国と同盟国とが、表出者の管理という面でも連携を強めているとしたら、向かう方向は、尋ねずとも明らかだった。

◇

雨の動物園には訪れる来園者も少なく、展示はつつがなく終了した。

「さて、帰ろうか、たくや君」

二人で獣舎を出ると、私たちの帰りを待つ姿があった。

「社長……」

その言葉を口にすると、少し胸が痛む。傷はもう存在しない。それでも、かつてそこに傷があったという記憶が痛むのだ。

「私は社長じゃないわ。あくまで、本当の社長が戻ってくるまでの、社長代行」

彼女はたしなめるように言って、私の肩に手を置く。

「あなたには、玲子《れいこ》さんって呼んでもらった方がいいんだけど」

社員すべてが、彼女を社長代行と呼ぶ以上、私だけがそんな呼び方をするわけにはいかない。

「会議も終わって一段落ついたからね。別の案件のついでに寄ってみたの。どう、ナギサヒトモドキの展示は？」

その声は、ビジネスという戦場に生きる女性のしなやかさとつややかさを兼ね備えていた。サングラスの奥の瞳《ひとみ》は見通せない。元社長と入れ替わるように社長代行となって以来、彼女はサングラスをかけるようになった。

「順調です。私の方が助けてもらっているので、どちらがお目付役かわからなくなっていますけど」

玲子さんは喉《のど》の奥で笑っていた。強大な力を持ちながら、幼さゆえに暴発の危険性を抱えたたくや君をうまく御しきれる社員は、私しかいない。

「ところで、表出者の基礎技術養成の件、予算は取れそうなんですか？」

国際会議と並行して、省庁関係者との予算折衝が行われていたはずだ。文教庁の管理下に置かれて以来、基礎技術養成には、国の予算がつけられることになった。

当初は、各企業で独自に表出力向上研修をやっていた頃と比べて安定的になり、未熟な表出者が淘汰《とうた》されると期待されたものだ。

だがそれは結果的に、政権ごとの思惑と駆け引きによって変わる予算に翻弄《ほんろう》されるということでしかなかった。同時に、省庁の管理が強まることで、力の発揮には厳しい制限が課されるようになっていった。

「なかなか、難しいわね」

玲子さんは、ため息と共に言葉を押し出すようだ。

「科学庁《かがくちょう》の金食い虫に、予算を取られてるからね」

「ああ、例の……」

大規模コンピューターシステムの開発予算だった。

前政権の「競争より共生を」という方針によって、この国の科学技術予算は大きく削られ、我が国は新世代コンピューター性能競争の首位から陥落した。新政権では、科学技術大国としての復権を志し、大規模な予算が投じられている。それにより、火急の案件ではない予算は、軒並み削られてしまった。

五年前の研究所での事件の発端となった科学庁の横槍《よこやり》は、省庁間の裏取引によって、表沙汰《おもてざた》になることはなかった。その見返りとして、科学庁に充てられた予算が文教庁へと移管され、表出者の育成予算に回されていたのだ。

だが政権交代によって、新政権の科学庁への肩入れが開始された。暗黙の了解もご破算になった。

「表出者の地道な基礎技術向上策なんて、必要性は理解されても、そこに重点的に予算が配分されるなんてことは、今のご時世ではなかなか難しそうね」

「本当は、そちらの方がずっと必要なことなんですけれど」

「まあ、こちらは細々とやっていくしか手はないみたいね。研究所も、いろいろと体制が変わってしまったからね。若宮《わかみや》さんも、ジレンマを抱えているみたい」

会社の後輩の若宮さんは、一年前から研究所に出向中だった。

「国際会議のあの流れだと、いよいよこの国の表出者も、覚悟しなきゃいけないようだしね」

玲子さんの言葉は、予想ではなく、来るべき現実を表出者に迫るものだった。

「もしかして、例の……」

「ええ。いよいよ、『接ぎ木』の実証実験が始まりそうなの」

表出者の間では、いつか降りかかる災厄のように、寄ると触ると噂されていた話題だった。

「研究所内でも、賛成派への宗旨替えが相次いでいるみたい。それもあって、反対している若宮さんは、研究所に居づらくなっているの」

接ぎ木。正式名称は、他者誘導および憑依《ひょうい》表出。それは、この国の表出者にとって、禁断の技術であった。

通常、表出は四つのプロセスで行われる。
①イメージ化……表出対象のイメージの具現化
②融合　　　……表出体と自身との一体化
③対流域確定……表出効果の影響範囲の拡散
④固定《キープ》　　　……表出範囲の固定化
それに対して、「接ぎ木」は、一連の順番が異なっている。すなわち、③対流域確定↓①（強制）イメージ化↓②融合↓④固定《キープ》、と変則的なのだ。

最初に表出範囲を拡散することによって、その範囲すべてを表出波の影響下に置く。力の強い表出者ならば、影響範囲内の人物を意のままに操って遠隔操作し、動物の姿を表出させることが可能になる。

ある植物の根や茎に、別の木の芽や枝を接ぎ足して成長させるイメージから、「接ぎ木」という呼称が一般化している。まったくの他人を、意のままにコントロールできるのだから、厳しく禁じられるのも当然だ。

他人の無意識を誘導するのであるから、精妙なコントロールが必要だし、その濫用は人権侵害に直結する。だからこそ、国家管理された上での開発が必要とされているわけだ。

戦前の表出者を軍部の管轄下に置いたのも、軍事的に利用しようとしていたからであり、「接ぎ木」も軍事転用が可能な技術の一つだった。たとえばそれは、国家要人を危険から守るという観点からすると、この上なく有効なカウンターテロとして機能し得る。

「そういえば、会議の後のレセプションで、高畑《たかはた》君を見かけたわよ」

研究所での事件の後、高畑さんは会社を離れ、業界から姿を消してしまっていた。

「どうやら彼は、同盟国側について、交渉役の立場にあるようね」

つまりは、この国の表出者を同盟国に「売る」立場だ。彼がそうした立場につくことになった理由は何だろうか。彼自身の意思だとすれば、それは、私とたくや君のせいなのかもしれない。

「お姉さんのお友達?」

たくや君は、不思議そうに私と玲子さんを見比べた。

普通なら、男の子の前にしゃがみ込んで、頭を撫でてあげるところだろう。だが玲子さんは、濃いサングラスの奥すら見通しそうなたくや君の素直な瞳に、たじろぐように視線を逸らした。

「そう。お姉さんの、とっても親しいお友達なの。たくや君、柚月《ゆずき》お姉さんを、あんまり困らせないでね」

「うん……わかったよ」

返事をしながらも、たくや君はなおも記憶の周辺を探るように、玲子さんの顔をまじまじと見つめている。

「なんだか、どこかで会った気がするんだけどなあ」

たくや君が首を傾《かし》げる。玲子さんの瞳に生じたであろう感情の色は、サングラス越しでは見通せない。

たくや君は、ほんの一週間前に玲子さんと会っている。何十回、何百回会おうが、たくや君は玲子さんを記憶できず、初めて会った人として接する。

「たくや君、二人でお話があるから、もう少し一人で遊んでいてね」

「は〜い！」

素直に返事をして、たくや君は象の檻へと駆けていった。寡黙な象は、この動物園に来てからの彼のお気に入りだった。

「父との約束を、私は果たしたことになるのかしら」

玲子さんは、たくや君の後ろ姿に、何ものにも分類できない感情を漂わせて呟《つぶや》いた。

「私はずっと、あなたを騙《だま》し続けていたのに、こうして今も、あなたに負担を強《し》いてしまっているわね」

「そんな、負担だなんて……。私が望んだことですから」

五年前、研究所の騒動がようやく落ち着いた頃、彼女は私に、すべてを打ち明けてくれた。

表出実体を巡る、先代社長から受け継がれた使命のこと。そして、ずっと社長の「奥さま」として接していた彼女が、本当は社長の実の姉であったことを。

彼女の目的は、戦時中の軍事研究によって生み出された表出実体を解放することだった。強大な表出力を持って生まれた社長と、父親である先代社長の遺志を受け継いだ玲子さんの、決して表沙汰にはならない共闘で、計画は進められたのだ。

姉弟であると知られれば、よからぬ憶測を生じさせかねないため、二人の関係は完璧に隠されていた。「敵を欺くにはまず味方から」で、私には夫婦を騙《かた》っていたのだ。

「先代社長にとって、表出者って、どんな存在だったんでしょうか?」

先代社長は表出者ではない。彼は戦時中に、私たち表出者の力を軍事利用する、「特殊戦力開発班」に所属した青年将校だったという。

あの戦争で、表出者はその力を将来の本土決戦の際の切り札として利用されることが決定され、軍部の管轄下に入ることが義務付けられていた。軍事利用されることを肯《がえ》んじない表出者は力をひた隠しにし、徴用から逃げ回っていた。それを狩るのが、先代社長の任務だったのだ。

「その当時の軍部は、表出者を単なる捨て駒としてしか見ていなかったようね。もちろん父もそう。表出者を人体実験のように利用するのに、何の痛痒《つうよう》も感じなかったでしょうね」

そんな彼が、戦後、忌まわしい過去を風化させてしまった頃、自分の息子が、かつて自分が虫けらのように扱った表出者として、強大な力を持って生まれた……。因果を感じなかったはずがない。

だからこそ、表出者を再びの国家利用から遠ざけるために、会社を立ち上げたのだ。せめてもの罪滅ぼしとして。

「お母さまも、子どもとはいえ、社長を育てるのは大変だったでしょうね」

「弟は、すでに二歳の頃から、表出を自由に扱える力を持っていたからね。私はその力の影響を受けないように、親戚に預けられて育ったから無事だったけど、母は弟の力を、まともに受け止めざるを得なかった……」

幼い社長を育てる苦労は、容易に想像できる。社長は動物のみならず、「現象」ですら表出できる。癇癪《かんしゃく》を起こせばハリケーンや火山の噴火が直撃しかねない。あやしているうちに、気分次第で宇宙空間に運ばれたり、深海の奥底に沈み込むこともあるのだ。セーブすることなど考えもしない無邪気な子どもの、全力での表出に常にさらされることになる。その心労は計り知れない。

力の面だけではない。自らの思いのままに世界を変えることが出来る者が、人間が弱さを克服するために作り上げた「秩序」なるものの中に身を置くことができるだろうか。この社会で生きていく上での常識や倫理観を植え付けるのは、並大抵の苦労ではなかったはずだ。

不用意に人を傷つけかねない社長に力をコントロールする術《すべ》を学ばせる過程で、表出者ではない彼女の無防備な「内側」はボロボロになったはずだ。

「弟の力と心を制御することに神経をすり減らしてきた母は、あの子が六歳の頃、三十歳という若さで亡くなったわ。それ以後は、父が男手ひとつで、弟を育てたの」

父親は、妻を死に追いやった息子を憎むこともなく、決して手放さなかった。自分の背負うべき業と向き合うように。先代社長は、社長を人間らしく成長させることに心血を注いだ。戦時中に表出者に関わり、表出の理論を知っていた人物が父親だったからこそ、社長が「内側」を損なうこともなく無事に成人することができたと言っても過言ではない。

「父は、あの子が成人して、力をコントロールできるようになってきた頃から、自分の果たせなかった表出実体の解放という使命を、私たちに託すことを考え始めたみたいね」

先代社長は表出者のための会社を興した。それは、力を使ってしかこの社会に関われない社長の生きる場を作るためという側面もあっただろう。社長は二十五歳の頃に、会社の実権すべてを受け継いだ。

「戦時中に表出実体を生み出したのって、どんな人物だったんでしょうか？」

表出実体は、超級表出者が、その力すべてを注ぎこんで生み出される。研究所で発揮した表出実体の力からすれば、戦前の、この国最高の表出者であったことは間違いない。その人物は、表出実体に自分のすべての力を注いで、息絶えたとされている。

「父も、それだけは決して口にしなかったわ。気軽には語れないだけのことをしてきた自覚があったんでしょうね」

表出実体については、表出者の間でもさまざまな憶測が飛び交っていた。それなのに、生み出した人物については、不思議とどこからも情報が漏れることはなかった。もちろん当時の研究者が語ることを禁じられたせいもあるだろうが、後ろめたさが口を封じさせた面もあるのかもしれない。

「表出実体を解放しない限り、表出者にとっての戦後は終わらない……。それが父の、最期の言葉だったわ」

先代社長は、目的を果たすことなく亡くなり、その遺志は、社長と玲子さんの二人に受け継がれた。

「父のやってきた正攻法では、表出実体には決して近づくことはできなかったわ。だから私たちは敢えて、逆の戦法を取ったの。表出実体を再び利用する気運を高める方向でね」

そんな思い切った方針転換をしなければ、表出実体が封印を解かれ、我々表出者の手の届く場所に出て来ることはなかっただろう。それによって、戦後五十年以上閉じ込められていた表出実体が、研究所で日の目を見たのだから。

もっとも社長にとっては、父親の遺志など関係なく、表出実体という興味をそそる相手との対峙《たいじ》だけが目的だったに違いない。それをうまくコントロールして、玲子さんは社長を表出実体に近づけたのだ。

その後の事件の顚末《てんまつ》は、その場に居合わせた私の知る「顚末」とは、いささか異なっている。

表出実体の逃亡は、文教庁主導での実験成功を快く思わない科学庁の入れた横槍が、その原因とされている。研究所の何重もの安全対策をはね除《の》けて逃亡したのだ。執拗《しつよう》なほどに安全対策を講じていた社長に責任論が及ぶことはなかった。むしろ社長は、開所式で来賓たちの意識が「抜かれる」のを防いだ、一種の救世主として賞賛されている。

玲子さんは、科学庁のお先棒を担いだ人物として、本来ならば真っ先に失脚してもおかしくない立場にあった。だが彼女は、省庁間の主導権争いに巻き込まれた被害者を演じきった。徹底的に科学庁を糾弾する変わり身の早さで業界に復帰し、その勢いのまま、社長に代わって業界を率いる立場に立っている。

先代社長の悲願だった、表出実体の解放は実現した。すべては玲子さんの思惑通りに進み、事態は収まるべき場所に収まった。

だけど彼女も、社長が選んだ「結末」までは、予想していなかったのではないだろうか。


「少しお耳に入れておきたいことが」

気持ちを切り替える。

「昨夜、遊園地で、たくや君が何らかの表出の気配に反応しました」

「遊園地って……」

「ええ、例の」

「次世代遊園地か……」

玲子さんは思案するように顎《あご》の先に人差し指を置いて、そう呟いた。

「すみません、たくや君がどうしてもというので、探索に予定外に力を使わせてしまいました」

「まあ、仕方ないわね。どうせあの子が駄々こねたんでしょう。それで、何かおかしなことがあったの？」

旅先ということもあって、玲子さんも大目に見るつもりのようだ。

「表出の気配は、辿れないまま消えてしまったんですが、別の問題が……。遊園地は、表出波防御システムで守られているようなんです」

「おかしいわね。そんな報告は上がって来ていないけれど」

対表出者用の防御システムを持つのは政府機関だけのはずだ。その施設とシステムの強度のデータについて、玲子さんが把握していないはずがない。

「何だかきな臭いわね」

「住民の間では、女の子の幽霊が出るって噂も生じているようです」

幽霊という存在が、表出者にとっては、一般人とはまったく別の意味を持つことを、彼女もわかっている。

「早急に調べてみるわ。あの子は、これ以上遊園地には近づけない方がいいんじゃないかしら」

「そのつもりです」

不安定なたくや君の力を生かさず殺さず、五年間コントロールし続けてきた。もし想定外の事態で、その力を解き放つことになれば、今度こそたくや君は……。

「だけど」

玲子さんは、ほんの付けたしのように、言葉を継いだ。

「もしあなたが、今の状況を終わらせたいと思うんだったら、いつでも、決めていいのよ」

この役目を降りる時……。いつかは来るだろうその時を、私はずるずると先延ばしにしているにすぎなかった。

◇

「お姉さん、早く早くぅ！」

たくや君は、走り出さんとする勢いで、入場ゲートの前で私を手招きする。

「わかってるんでしょうね、たくや君。ここでは……」

たくや君はうんざり顔で、両手で×を作って私の繰り言を封じた。

「何度も言わなくてもいいよ。『人が見てるところじゃ、たくや君の力は使えないのよ』でしょ？」

私のたしなめる口調を真似《まね》て、たくや君は澄まし顔だ。

結局、昨日一日駄々をこね続けたたくや君に押し切られ、動物園の休園日を利用して、私たちは遊園地を訪れた。絶対に人前では力を使わないという条件は、何度も言い含めてある。

たくや君と二人分の入場券を買って、中に入る。平日ではあるが、学校行事での来園を積極的に受け入れているせいもあって、園内は子どもたちで賑《にぎ》わっていた。

巨大なドームに覆われた全天候型の「室内」だが、天蓋《てんがい》には雲一つない青空が映し出されている。外がどんなに悪天候であっても、子どもたちは青空の下で、アトラクションを楽しむことができる。

小動物と自由に触れ合えるネイチャーゾーン、世界各国の建物が立ち並ぶインターナショナルゾーン、そして、遊具が並ぶジョイフルゾーン……。広い園内を、たくや君と共に探索してみる。

「コンニチハ。何カ、オ探シデスカ？」

キャタピラ音を響かせて登場したのは「A・Iコンシェルジュ」だ。人型をしたロボットの顔にあたる部分の画面には、アニメーション化された「お姉さん」が、コンシェルジュの名にふさわしい恭《うやうや》しい微笑みを浮かべる。園内には人間の係員は見当たらない。遠隔制御された「彼ら」が眼を光らせ、迷子や喧嘩《けんか》などの騒動があればすぐに駆けつける。

中央には、昔の尖塔《せんとう》をイメージした、石造りの意匠の巨大なタワーがそびえ立つ。遊園地すべてをコントロールする管理棟なのだろう。

一時間ほどで、園内を一周し終えた。ほんの一瞬も、何らかの表出の気配すら、感じ取ることはできなかった。

「お姉さん、観覧車に乗ってもいい？」

たくや君は、あの夜に感じた気配のことなど忘れてしまったかのようにはしゃいでいる。

「ええ、いいわよ」

ゴンドラ数が五十ほどの観覧車だ。わざと古びた色合いで塗られて、レトロ感が強調されている。

「ヨウコソイラッシャイマシタ。足元ニオキヲツケテオ乗リクダサイ」

機械的な親しみやすさでお辞儀をするA・Iコンシェルジュにエスコートされ、二人でゴンドラに乗り込み、向き合って座る。

観覧車独特の、焦れるようなゆっくりとした動きで、私たちの乗ったゴンドラは、遊園地を見渡す高みへと登っていった。たくや君が、眼下の風景をきょろきょろと見渡す。眺めているというより、何かを確認しているそぶりだ。

「お姉さん、ここなら、誰も見てないよ」

思わせぶりな言葉に、ようやく彼の企みに気付かされる。

「たくや君、最初っから、そのつもりで観覧車に乗ったのね⁉」

「だって、お姉さんは人が見てる場所じゃダメって言ったじゃない。ここだったら力を使ってもいいんでしょ？」

「いつからそんな屁理屈《へりくつ》を言うような子になったのかしら」

私は思わずため息をついていた。たくや君が身を乗り出す。

「お願い、お姉さん。ほんの一瞬で終わるから」

「駄目よ、たくや君」

懇願するように私の手をぎゅっと握り、顔を覗《のぞ》き込んでくる。どんなおねだりの仕方をすれば私が陥落するかは、彼にはお見通しだった。私の「駄目」が通じないのは今に始まったことではない。

「仕方がないわね……。それじゃあ少しだけよ。ただし、私と力を合わせてね」

力の弱い「私」という枷《かせ》があれば、たくや君が力を暴走させることはないはずだ。

以前、研究所を外部の表出者の攻撃から守るために、表出波による「天蓋」で覆ったことがある。融合受容突起が生じた状態の表出波をドーム状に広げて、守るべき対象をすっぽりと覆うことによって、外部から干渉する表出波をレーダーのように感知する、表出技術の応用法だった。

「じゃあ、天蓋をつくりましょう」

「うん」

私だけで天蓋を形成しようとすれば、せいぜい直径五十メートルほどにしか膨らまない。それでは、この広大な遊園地全体をカバーすることなどできはしない。だが、案ずることはない。たくや君は、巨大なパワー増幅器も同然だった。

表出波による天蓋を二人で作るには、「基準表出」→「融合準備」→「表出消去」→「融合受容突起接合」→「疑似対流域確定（拡散）」と、通常の表出とは若干違うプロセスが必要だが、それ自体は、難易度の高い技術ではない。私は二分ほどで、たくや君との接合までの準備を整えた。

「お姉さん、早くぅ」

ほんの数秒で準備を整えたたくや君が、私を急《せ》かす。本当は、自分一人で天蓋を張りたいはずだ。

「たくや君、お待たせ」

「じゃあ、つなぐよ」

待ちきれないように、たくや君の受容突起が触手のように伸びてきて、私の受容突起に触れる。

「あっ！」

思わず声が漏れてしまう。ある「交わった」経験が、私の中で強烈に呼び覚まされたのだ。

「どうしたの、お姉さん？」

不思議そうに、たくや君が尋ねる。

「ううん、なんでもないの。続けてちょうだい」

「うん……、わかった。じゃあ、裏返すよ」

不思議顔のたくや君は、「変なの」と言いながらも、気を取り直して準備を進める。

今回の天蓋は、外部からの表出波の干渉を遮断するためではない。天蓋の内部の、表出波の出所を探るためだ。そのため、受容突起を内側にくるりと反転させなければならない。

「膨らませるよ。お姉さん」

風船に一気に息を吹き込んだように、天蓋が内側から押されて膨張する。たくや君から注がれる力は、発電所から無尽蔵に放たれるエネルギーのように、天蓋の内に満ち満ちる。たちまち天蓋は、遊園地全体をすっぽりと覆ってしまった。

「私たち以外の表出波は、感じ取れないわね」

他の表出者が表出する気配を探るが、受容突起のレーダーは、そよともなびかない。

「うん……、ボク、もうちょっと調べてみるね」

たくや君は、天蓋内にパワーを満たしながら、尚《なお》も新たな表出を操る。超高速の表出波が、レーザー光線の反射を思わせて駆け巡る。

その力は安定している。安定しすぎていて、かえって不安になる。そのパワーを制限無く放出した時に、いったいどんなことが起こるのだろうかと危ぶんでしまうほどに……。

私の葛藤《かっとう》など知る由もなく、たくや君はスーパーコンピューターによる演算のように、ほんの一瞬で天蓋内のすべての存在をチェックし終える。

「何も感じないなぁ……」

拗《す》ねたように、たくや君が唇を尖《とが》らせる。

観覧車は高みへと登り、園内中央にあるタワー上部の監視所らしき場所と同じ高さになる。対表出者用にバリアを張っているくらいなのだから、力を使う私たちはとうの昔に把握されているのだろう。それなのに表面上は何も変化がなく、私たちは野放しにされていた。

すっかり気落ちしたたくや君は、観覧車を降りると、その場に座り込んでしまった。

「なに、こんな所で。子どもみたいだね」

周囲の子どもたちが、ひそひそとささやき合っている。

「たくや君、立って。ほら、メリーゴーランドに乗ろうか」

手を引いて無理やり立たせ、一番近くにあったメリーゴーランドに引っ張って行った。たくや君を白馬に乗せて、私は隣のかぼちゃの馬車に座った。

「サアミンナ、楽シイ旅ニ出発ダ！」

手を振るA・Iコンシェルジュに見送られて出発した。ほんの数分間の、どこにも行けない旅へと。メリーゴーランドがゆっくりと回りだし、白馬が上下に揺れる。遠い昔、両親との最後の楽しい思い出がよみがえりそうになり、私は慌《あわ》てて首を振った。

突然、たくや君は俯《うつむ》いていた顔を上げた。瞳を輝かせて周囲を見渡しだす。

「……どこ？　どこにいるの？」

見えない「誰か」に呼びかける。メリーゴーランドは子どもたちで満員だ。その誰でもない相手に、たくや君は意識を向けていた。

――いる……

確かにいる。姿としてではなく、存在として。どれだけ追いかけても決して追いつくことができない場所に、その子は「いる」。追いかければ追いかけるだけ遠ざかる逃げ水のように。

メリーゴーランドが止まった。同時に、気配は消え去った。

たくや君は白馬を飛び降り、子どもたちの顔を一人一人確かめる。血相を変えたたくや君の姿に、みんなはすくみ上がって逃げ出す。私たち二人以外、誰も残らなかった。

「どこかに行っちゃったみたいだなぁ」

きょろきょろと周囲を見渡して、たくや君は再び園内を探索しだす。私には気配を追えない以上、たくや君の後に従わざるを得ない。たくや君はふらふらと、だが確実に、どこかへと導かれてゆく。

二十分ほど園内を行きつ戻りつし、たくや君の足が止まる。「かがみの国」の前だった。

「たくや君、ここは……」

私のためらいを気にもかけず、たくや君は入り込んだ。

その名の通り、周囲すべてが鏡で覆われた迷路だ。鏡に鏡の画像が映り込み、どこまでが実像で、どこからが虚像なのかの線引きが難しくなる。

――まずいな……

「虚像」を操る私たちは、実像と虚像とが入り乱れてしまう「合わせ鏡」を見ることはご法度《はっと》だ。取りも直さず、自分自身が偽りの世界に入り込んで、心が脱け出せなくなる危険性があるからだ。

だが、たくや君はお構いなしだ。

鏡に取り囲まれた世界で、私の姿が、二重三重に反射して映り込む。歩を進めるごとに、虚像たちもまた反転し、屈折しながら、動きを写し取る。私の動きを完全にトレースしているだけなのだが、まるで真似されているようにも思えてくる。少しでも気を抜けば、意図に反して動き出すのでは……。いや、私のことすらも操ろうとしだすのではないだろうか。

「どう、何か感じる？」

たくや君の眼は、鏡に映った世界の、さらにずっと奥の「何か」を見通すように彷徨《さまよ》い続ける。夢と現《うつつ》の境界線を求めて、瞳の焦点は、ここではないどこかに定まっている。

「あの子、とっても怖がってる」

「あの子？」

「うん、きっと女の子だ」

たくや君は、勇んで足を速める。

「ずっと一人で泣いてたんだ。誰にも気付いてもらえなくって。だけど、ボクが近づくと怖がってすぐに逃げちゃうんだ」

鏡の障害などものともせず、彼は走り出す。

「もうすぐ、もうすぐ追いつくよ！」

女の子に向けた言葉だ。手を伸ばし、見えない姿をつかもうとする。

「もう少し!」

たくや君の手が、その姿に触れる寸前、彼は建物の外に飛び出していた。かがみの国のゴールだった。

「もうちょっとだったのになぁ……」

たくや君は、つかみきれなかったものを求めるように、ドームに描かれた空に手を伸ばし続けていた。


閉園時間の午後八時になり、物悲しいメロディが、人々の帰りを促すように響き渡る。

「たくや君、そろそろ帰らないと」

「うん、そうだね……」

メロディに急き立てられるようにして、私たちは退場ゲートへと向かった。

「さて、たくや君、晩ごはんを食べに……」

そう言いかけて、たくや君の様子の変化に気付いた。彼は微細な音を聞き分けるように、耳に手をあてていた。

「お姉さん、聞こえる?」

「えっ?」

耳を澄まそうとして思い直す。それは、耳で「聞く」ものではなかった。

たくや君が、私の手を握った。

「あの子の『気持ち』を、大きくするよ」

たくや君は、表出波を一方向に集約させた。眼を細めることで、ぼやけて見えた遠くの風景に焦点を合わせられるように、表出波を極限まで細めて相手につなげる。すると、対象の微弱な表出波が振動として伝わり、それをたくや君がさらに増幅する。言うなれば、表出波による糸電話だった。ラジオのチューニングをするように、私たちは、女の子に「同調」した。

「つれてって……お願い……」

声を発したわけではない。それでも、確かに聞こえた。

私たちの表出した生物が、存在しないのに見えてしまうのと同じように。存在しないけれども聞こえてしまう、心に直接響く声だった。

声は、それきり途絶えた。たくや君は全方位性のレーダー探知機と化して、周囲を見渡した。一般的な五感によっても、力の面でも、私には何も感じ取ることができない。

「あそこだ！」

たくや君が指差した先は観覧車だ。営業を終え、動きの止まった観覧車の、最も高く上がったゴンドラの中に、その子はいた。小学校低学年くらいの女の子のようだった。

「あの子は、どうしてあんな所に？」

観覧車が、乗客を乗せたまま止まってしまうはずがない。眼を凝らしてみても、姿がはっきり認識できない。遠いこともあるけれど、それ以上に、不思議に焦点がずれる感覚で、姿がぶれたままだ。

——私は、本当に見ているの？

私は女の子を見てはいない。存在が放つイメージが、視覚を通してではなく、ダイレクトに脳内に像を結んでいるようだ。私たちが生み出す表出体と位置付けが似ていて、そして非なる存在であった。

「お姉さん、あの子、どっちでもないよ」

「どっちでもないって？」

「こっち側でも、あっち側でもない」

たくや君のセリフに、私は言葉を失った。

私たちのような実体ではなく、そして表出体でもないということだ。そんな中途半端な存在が、どうやって生み出され、活動を継続できるというのだろう？

「あの子は、この遊園地から出ることができないみたいだよ」

たくや君が、女の子の意思を読み取る。

「ボクが、助けてあげなきゃ」

すぐにでも解放してあげようと、身体からあふれんばかりに表出波を導き出そうとしている。

「待って、たくや君。焦らないで」

「だって、ボクがやらなきゃ、あの子は消えちゃうかもしれないよ」

たくや君は、居ても立っても居られないようで、すぐにでも観覧車に向かって突進しそうだ。

「中途半端な準備で助けようとしたら、かえってあの子を危険な目に遭わせてしまいそうな気がするの。だから、お願い」

たくや君を思いとどまらせるためだったが、同時に私の本心でもあった。たくや君の大きすぎる力が、未知の存在に対し、どう作用するかもわからない。相手の見極めができないまま、本陣に突っ込むようなことはしたくはなかった。

「とにかく、今日は遊園地が閉まっちゃうから、また次のおやすみの日に、あの子に会いに行きましょう」

「……わかったよ」

たくや君は、何度も観覧車を振り返りながら、遊園地を後にした。

ホテルの部屋に戻っても、たくや君は興奮冷めやらず、ベッドの上で飛び跳ねていた。

「さあ、たくや君、お風呂に入っておいで」

「え〜、めんどくさいなあ」

たくや君のお風呂嫌いは、今に始まったことではない。

「ホテルのお風呂って、狭くっていやなんだけどなあ」

「動物園の佐々木《ささき》お姉さんに、たくや君臭いよって言われちゃうよ。それでもいいの？」

佐々木さんは、動物園の受付の、たくや君のお気に入りの女性だった。

「わかったよ。入ってくるよ」

ようやく承知して、バスルームに向かった。私は、たくや君がお風呂に入っている間に、社長代行に電話をかけた。

「どうしましょう。社長代行」

状況を説明すると、彼女はしばらく電話の向こうで沈黙していた。

「防御システムに、実体でも表出体でもない正体不明の存在……。きな臭すぎて近寄るのも憚《はばか》られる案件ね」

「このままだと、たくや君は一人ででも遊園地に向かってしまうでしょうし、その子を助けるために力を使ってしまうかもしれません」

私と社長代行の懸念は同じ。たくや君の力に想定外の負荷を与えないことだ。

「私がそちらに行きたいのはやまやまだけど、今は遊園地の背景を調べる方が先決みたいいね。相手の存在が未確定な以上、研究所と連携を取った方がいいかもしれないわね……」

我々現場の判断だけでは決められない。研究者からの視点が必要だった。

「若宮さんを、呼んでもいいでしょうか？」

彼女なら、たくや君も知っているので、警戒させることもないだろう。

「ええ、いいわ。研究所には私から正式に話をしておくから、あなたは若宮さんに連絡をとって」

「はい、わかりました」

電話を切り、すぐに若宮さんに掛ける。

「日野原です、若宮さん、今、いいかしら？」

「お久しぶりです！」

若宮さんは二十歳近く年下だが、その力は私を優に上回る。

「社長代行から聞いたわよ。研究所も大変みたいね」

「ええ、昔とは違って、国の規制はますます厳しくなってきていますし、研究所の果たす使命は、私たちの思惑とは違う方向に行ってしまうし……。前途多難です」

あの事件が起きて以来、監督官庁の声は強まり、研究所は表出者を管理し、規制する場所へと姿を変えてしまっていた。

「若宮さんは、力が芽生えたばかりの表出者のサポートをしたくって、研究所での勤務を希望したのにね」

研究所の一番の目的であったはずの若年表出者の発見・育成事業は完全に停止されてしまっている。国は、これ以上表出者が増えることをよしとしていないのかもしれない。だけど今は、そんなことを嘆いていても仕方がない。

「若宮さん、実は、相談があるの」

私は簡単に事情を説明した。

「それは、やっかいそうな事例ですね」

さすがの上級表出者も、そんな現象は初めて経験するのだろう。好奇心よりも、不安の方が勝っているようであった。

「若宮さん。調査を手伝ってくれる？」

「もちろんです！」

若宮さんは、二つ返事で引き受けてくれた。

「ちょうど研究も一区切りついた所なんで、自由に動けそうです。さっそく、明日朝の飛行機で、そちらに伺います」

「ありがとう。でも明日は、遊園地は『子どもの王国』の日で、大人は入園できない日だから、明後日に間に合えばいいわよ」

「一日有休を取って、街をぶらぶらしてます。久しぶりの帰省だし」

「ああ、そうだったわね」

この街は、彼女の故郷。私が彼女に出会ったのも、この街だった。

「まあ、帰省って言っても、実家には帰らないんですけど……」

わだかまりを感じさせる声で語尾を濁した。彼女もまた、幼い頃から力が芽生え、両親との軋轢《あつれき》を経てきた一人だ。

「お姉さん、お風呂あがったよお！」

盛大な湯気と共に扉が開き、すっかりのぼせた表情のたくや君がバスルームから出てきた。

「たくや君。裸で出てこないでって言ったでしょ？」

「だって、暑いんだもん」

たくや君は、私が何度言っても、お風呂上がりはバスタオルを頭にかぶっただけの格好だ。

受話器の向こうで、若宮さんの忍び笑いが漏れ聞こえる。

「あっ、ごめんなさい。話の途中で」

「いえ、いいんです。たくや君も、元気そうですね」

「うん、相変わらず。じゃあ、また連絡するわね」

挨拶もそこそこに電話を切り、雫《しずく》をしたたらせている裸のたくや君をベッドに座らせる。

「もう、髪の毛濡れてるじゃないの」

バスタオルで頭をごしごしとこする。一瞬巻き起こる、心の震え。それは狂おしいほどに私の心を掻《か》き乱す。

電気を消したツインルームで、うとうとしかけているたくや君に、私は念押しした。

「明後日、研究所の若宮さんが来てくれるって。そうしたら、一緒に遊園地を調べましょう」

「うん……、わかった」

言葉の素直さは私を安心させてはくれなかったが、取り敢えず朝までは大人しく眠っていてくれるだろう。私はたくや君を起こさないようシャワーを使い、パジャマを着てベッドに入った。

隣のベッドから、たくや君の寝息が聞こえて来る。二日待って欲しいという要求に反発されたなら、彼を抑えることは不可能だっただろう。

——少しは、大人になったのかな……

ありもしないことを考えて、私は首を振った。たくや君は、子どものままなのだ。きっと永遠に。ずっと変わらないこと……。望んだのは確かに私だ。だけど、それがこんな形で実現するとは思ってもみなかった。

これは、いつまで続くのだろう？

私の望みは、果たして叶《かな》ったのだろうか？

堂々巡りする思いが揺りかごとなり、少しずつ、私は眠りの中に引き込まれていった。観覧車から私たちを見下ろす女の子が、私に何かを訴えかける。なぜだろう。私はその子を、ずっと前から知っている気がしていた。

◇

音もなく降る陰気な雨は、動物園という空間の華やかさをすべて流し去り、売れない劇団の楽屋裏にでも紛れ込んだようなうら寂しさが漂う。観客がいない檻の中で、私とたくや君は、ナギサヒトモドキの表出を続けていた。

全天候型のドームに覆われた遊園地は、雨の日こそ大盛況だろう。

「何だか、動物たちが騒がしいなあ」

姿を消したまま、たくや君が呟く。確かに今日は、動物たちは気が立っており、あちこちの檻から苛立《いらだ》った咆哮《ほうこう》が漏れ出す。さっきからひっきりなしに街の空にこだまする、パトカーのサイレンのせいだろう。

「何か事件でもあったのかしらね？」

私は気のない声で返事をした。街でどんな事件が起ころうと、この檻に囲まれた世界では、何も起こらない。起こってはいけないのだ。

ポータブルデバイスで、社長代行の参加した国際会議の議事録をチェックしていると、デバイス上部を流れる「最新ニュース」の文字に、眼が釘《くぎ》付けになった。


——次世代遊園地で、立て籠《こ》もり事件発生——


心の動揺を呑《の》み込むようにして、詳細をチェックする。

「子どもの王国」の日とあって、三百人の子どもが訪れて賑わっていた遊園地は、十一時になってすべてのゲートが閉ざされ、完全に外部から遮断されてしまった。警察は立て籠もり事件と見ているが、内部と連絡が取れず、犯人の要求も不明だという。何とも不可解な状況だった。

——いったい何が？

たくや君が昨日訪れたこととの関連を考えないわけにはいかなかった。

「お姉さん、お昼休みだよ」

お昼のサイレンが鳴ったのも気付かなかった私は、たくや君の声に、ようやく我に返った。

「……そうね。表出を解いて、休憩しましょうか」

六体のナギサヒトモドキのミラーの反射角度を調整して、獣舎に入ってしまったように見せかけた後、表出を解く。とにかく、たくや君に知らせるわけにはいかない。

「よお、ユズキさん、たくや君。ナギサヒトモドキ、見せてもらったよ。まるで生きてるみてぇだったなあ」

獣舎を出た途端に、陽気な声に呼び止められた。野崎さんだ。私たちの表出ぶりを見に来ていたようだが、ニュースに気を取られていた私は、気付いていなかった。

「しかし、街はひどい騒ぎだな。例の遊園地の……」

慌てて野崎さんの口を押さえようとしたが、もう手遅れだ。

「遊園地がどうしたの？」

聞き捨てならないとばかりに、たくや君が問い質《ただ》す。

「何でもないの。たくや君。お昼を食べに行きましょ！」

もはや私の言葉には聞く耳を持たず、たくや君は野崎さんに詰め寄った。

「い……いや、遊園地に悪い奴らが立て籠もってるみたいで、パトカーが行ったり来たりしてるんだよ。遊園地周辺は厳戒態勢で、立ち入り禁止になってるしな」

しどろもどろの説明に、たくや君は眉を吊《つ》り上げて私を振り返った。

「お姉さんは知ってたんだね！　ボクに遊園地に行かせないために、黙ってるつもりだったの？」

私は顔を背けたまま、頷くしかなかった。

「ボク、あの子を助けに行かなきゃ！」

すぐにでも駆け出しそうだ。私は慌てて、たくや君の腕を取った。

「ねえ、たくや君、落ち着いて……」

「止めてもダメだよ。ボクは一人でも、遊園地に行っちゃうよ！」

こうなったら、もう誰にも、たくや君を止めることはできない。

遊園地には、警察だけではなく報道陣も詰めかけていることだろう。そんな場所で、たくや君が我を忘れて暴走してしまったら……。この業界は、存亡の危機に立たされてしまう。

「わかったわ。それじゃあ、一緒に行きましょう」

せめて行動を共にすることで、暴走を未然に食い止めるしかなかった。

「急ぐなら、ワシの車で行こう」

野崎さんが罪滅ぼしのように、そう申し出た。

「急いでよ、野崎のおっちゃん！」

野崎さんの軽自動車は、地元民ならではの裏道を駆使して、遊園地へとひた走る。

「裏道使っても、二十分はかかりそうだな」

雨が降って視界が悪いためか、道路は普段より混雑している。目の前の信号が赤になる。裏道を通っただけに、大通りとの交差点では、必要以上に長く待たされてしまう。

「野崎のおっちゃん、そのまま突っ込んで！」

助手席に乗ったたくや君は、赤信号などものともせず、前方に指を突き付けた。

「いや、しかし……信号は赤だぞ」

「野崎さん、たくや君を信じて！」

「わ、わかった」

覚悟を決めた野崎さんがアクセルを踏み込んだ。交差点に突っ込めば、野崎さんの座る運転席に、横からの車がめり込むだろう。

「それっ！」

その瞬間を狙《ねら》い澄まし、たくや君は巨大な「象」を出現させた。もちろんそんな一瞬で、象の姿を明確にイメージ化できるわけではない。象のイメージだけをぶつけるのだ。暗闇《くらやみ》の中で、ただの白い布を幽霊と勘違いしてしまうように、人の一瞬の認識はあやふやだ。それを利用する。

突然、巨大な象が突進してくるのだ。ダンプカーの運転手だろうが、急ブレーキを踏まざるを得ない。急ブレーキの悲鳴が響き渡る中、野崎さんの車は無傷のまま交差点を突破した。

◇

遊園地の百メートルほど手前で、車は検問によって止められた。その先は警察車両と報道陣が陣取り、近づけそうもない。

「ユズキさん、こっから先は無理だよ」

野崎さんは運転席で、お手上げの格好だ。

「ありがとうございました。後は、私たちだけで大丈夫です」

「大丈夫ったって……。強行突破なんざしようもんなら、すぐにとっ捕まっちまうぞ」

警察車両によるバリケードの手前では、報道陣が現地取材をしている。先刻まで仲間内でへらへらと笑い合っていたリポーターは、中継がつながると表情を緊迫したものに一変させ、背後のドームを振り返った。

——事件発生からまもなく三時間が経過しようとしています。犯人たちは現在も、遊園地のすべての扉を閉ざし、三百人の子どもたちを人質に立て籠もっています！

子どもたちの安否が心配される状況です。

封鎖する警察も厳戒態勢で、ピリピリした空気が伝わってくる。下手な動きを見せれば、すぐに拘束されてしまうだろう。

「野崎さん、私たちの力を、お忘れですか？」

野崎さんは、すぐに見当がついたようだ。

「ああ、そうか。いくら警察でも、空飛ぶ鳥までは警戒しないだろうしな」

「そういうこと」

答える間に、私とたくや君は姿を消していた。

「じゃあ、野崎さん、行ってきます」

軽自動車の窓から、二羽の小鳥が飛び立ってゆく。

「ああ、気をつけてな」

舞い上がる鳥の姿に向かって、野崎さんは手を振った。

空高く、表出した鳥を旋回させている間に、姿を消した私とたくや君の実体は、やすやすとバリケードを乗り越えて突破していた。規則上、表出して姿を消した状態で半径五メートル以上は移動してはいけないことになっている。取りも直さず、窃盗などの悪事を働かないようにだ。重大な規則違反だが、この非常時には構っていられない。

遊園地を覆うドームの壁際まで辿り着くと、茂みに身を隠すようにして、鳥の表出を解く。

「さて、どうやって中に入ろうか。たくや君」

立て籠もりで封鎖されている以上、中へ通じる通路が開放されているはずもない。たくや君の力を使えば強引に突破することも可能だろうが、警察や報道陣に知られてはまずい。期待もせずに従業員用の非常口のドアノブを回してみる。思いもよらず、扉はあっけなく開いた。

「どういうこと？」

恐る恐る中を覗く。立て籠もり犯が見張っている様子もない。こんな状況なのに、なぜ警察は、強行突入して子どもたちを助けようとしないのだろう。

警戒しながら、内部の様子をうかがう。

三百人の子どもたちが人質となって、武装勢力が立て籠もっている。下手な動きで発見されようものなら、子どもたちに危険が及んでしまう。すぐに動物を表出して姿を消そうとした矢先、子どもたちが目の前を駆け抜けていった。

「え？」

逃げ惑う悲鳴ではない。楽しくてたまらずに発せられた歓声だ。

ジェットコースターの落下に沸き上がる喚声《かんせい》。人工の原っぱを、風船を手に駆け回る女の子の歌声。スピーカーから流れる明るいメロディ……。平和で楽しげな「子どもの王国」そのものの風景が広がっていた。遊園地を占拠する凶悪な一味など、どこにも見当たらない。

「この子たちは、終わらない遊園地につかまっちゃったんだ」

たくや君が、ぽつりと呟いた。

「終わらないって、どういうこと？」

「みんな、遊園地を楽しんでるんじゃない。楽しんでるって、思い込まされてるんだよ」

風船を手に楽しげにスキップする男の子が、目の前の石につまずいて転んでしまった。

「ぼく、大丈夫？」

すりむいた膝を痛がる様子も見せず、男の子はすぐに立ち上がった。ありがとうも言わず、再び駆け出す。満面の笑みを浮かべているのに、表情は奇妙にうつろだ。

無邪気に遊んでいるように見えて、真実はそうではない。走りまわる子はひたすら同じ場所を回り続け、豆電車に乗る子どもは降りることなく何度も何度もミニトリップに繰り出す。何らかの影響で、操られてしまっている。

「これは立て籠もり事件なんかじゃないみたいね」

ここには、知られてはいけないことが隠されている。外を囲む警察が遠巻きにするばかりで、強行突破しようとしないのも、この異常事態を解決できないまま、世間に知らせるわけにはいかないからだろう。立て籠もりなどという強引な理由づけでもしなければ、心配して駆け付けた親たちを説得できない。組織的な隠蔽《いんぺい》工作の只中にあるのだ。

だとしたら、これ以上この場にとどまることは危険だった。銃を持った立て籠もり犯であれば、たくや君にとって物の数ではない。だが、この状況は……。

「たくや君、やっぱり戻りましょう。この遊園地は危険な気がするわ」

おそらくここでは、私たちの力に影響を及ぼす、不穏な事態が生じている。昨日の観覧車の女の子も、影響を受けていると考えない方がおかしい。

「うん、そうだね」

さすがに危険を感じたのか、たくや君も素直に応じた。周囲に気を配りながら、踵《きびす》を返す。子どもたちは相変わらず楽しげだ。時刻は既に午後の二時。事件発生から三時間以上も強制的に遊ばされている。足元がふらつき、息が上がっている子もいる。そろそろ体力も限界だろう。早く脱出して社長代行に報告し、何らかの対策を取らなければ……。

背後には、たくや君の足音が聞こえる。大丈夫、ついて来ている。振り返る必要はない。私は安心して、自然に急ぎ足になった。

その時、ほんの一瞬、たくや君の足音が途絶えた。足音が止んだのではない。不自然すぎる動作の「遮断」だった。

――私は、安心できると思い込まされている？

金縛りから脱するように、私は安心という呪縛《じゅばく》を、無理やり意識から引きはがした。

「たくや君？」

そこにたくや君はいなかった。「いる」という感覚だけを残して、姿を消してしまっていた。

――しまった！

ミラー表出だ。

本来ミラーは、二人の表出者が、互いの表出体を反射させ合うことによって、同一表出体を複数同時に出現させる技術だ。だがたくや君は、歩行という「現象」を表出し、更に自分自身でミラー表出することで、リピート再生のように、歩行を再現し続けていた。いないはずのたくや君を、いると思い込ませるために。

たくや君だからこそできる高等技術だ。考えるまでもなく、行き先はわかり切っている。女の子の所だ。

手がかりのないまま、私はたくや君を捜しに引き返した。早く見つけて、ここから連れださないと。

——シマウマハ、草原ヤサバンナニクラシテイル。体長ハ2・5メートルカラ2メートル。体重ハ200キログラムカラ250キログラム。草食性デ、イネ科ヤカヤツリグサ科ノ草ヲ主食トシテイル……

呪文のように心の中で唱え、表出したシマウマを私自身と融合するために、「内側」を開放する。

ぼんやりとした不安があった。夢の中で、してはいけない行為への警告が、「扉を開けても開けても脱出できない」などの別の形で抽象化されるように。間違ったことをしようとしていることに、心の奥の無意識が警告を発していた。

シマウマとの融合に向けて、「内側」をゆっくりと溶かす。

——野崎さんとの出会いは、シマウマの表出だったな……

懐かしい思い出が頭をもたげる。記憶が、私を揺さぶる。今、私が融合しようとしているシマウマとは……。

——全然違う！

私は巧妙に騙されていた。自分の部屋そっくりに作られた他人の部屋にいるように。

誰かに操られようとしている。無意識のうちに、何の脈絡もなくシマウマの表出手順を進めていた。それは私を都合よくコントロールするためのもので、本来とはかけ離れた、単なる概念としてのシマウマでしかない。

融合は、すでに半ばまで進んでいた。無理やり表出させられたシマウマのイメージが、「内側」の融合受容突起に絡みつき、離そうとしない。

引き剝《は》がそうとする私と、させまいとする未知の相手との、綱引きのような一進一退の攻防が続く。

——防ぎきれない！

これ以上長引くと、金属疲労を起こしたように心が焼き切れるか、圧倒されて「内側」をごっそりと削られてしまう。逃げ道はなかった。

突然躍り込んで来たのは、まったく別の表出波。新たな攻撃かと身構えたが、それは私には向かわなかった。林立する釘の隙間を跳ね返りながら飛び交うピンボールの玉のように、予測をさせない動きで未知の相手を翻弄する。

「これは、防壁？」

攻撃を寄せ付けないそれは、表出波による防壁と同じ役割を果たしていた。だけどその実態は、防壁とは似て非なるものだ。相手の攻撃を防ぐだけではない。攻撃を容赦なく弾き飛ばし、さらに倍にしてぶつけ返す。防御であり、同時に攻撃であった。一般的な防壁が、単に石を積み上げたものとするなら、この防壁はまるでレーザー照射の壁だった。力業で、相手をはねのける。

「これは……」

気付いていた。その表出波の気配が、かつて馴《な》れ親しんだものだということに。

「若宮さんね？」

見えない彼女は、一段と力を増した。

「今のうちに、融合を解いてください！」

間近で声が響く。私は、自身の内側に食らいついているシマウマを、毟《むし》り取るように引き剝がした。二度と侵入されないように、表出波の盾をつくる。

ようやく敵は諦《あきら》めたのか、融合を強いる表出波は消え去った。

「攻撃は、終わったようね」

安堵《あんど》のため息を漏らす。若宮さんが、本人の姿を取り戻した。

「間に合って良かった」

「若宮さん、どうしてここに？」

「立て籠もり事件のニュースを聞いて、すぐに駆けつけたんです。外で野崎さんに会って、日野原さんたちが密《ひそ》かに潜入したって聞いたから、私も後を追って来ました」

彼女もまた封鎖をかいくぐって、内部に潜入したようだ。

「無理やり、シマウマを表出させられそうになったわ」

若宮さんは、研究対象に向ける視線を、周囲の子どもたちに注いでいた。

「さっきまでは、たくや君が無意識に発する強力すぎる表出波が防壁になって、日野原さんを守っていたんです。たくや君が離れたことで、この場に満ちていた強制表出の表出波に乱れが生じて、日野原さんは一時的に錯乱されたんだと思います」

「強制表出の表出波？」

「間違いありません。この遊園地は『接ぎ木』の影響下にあります」

愕然《がくぜん》とした。だがそれで、子どもたちの異変はすべて説明できる。

「『接ぎ木』は、表出の力を持っていない人を操る技術です。知らずにその影響下に入った表出者は、幻覚表出・錯乱表出などの症状に陥ってしまいます」

「それじゃあ、これだけの子どもたちを一度に操れるだけの『接ぎ木』ができる表出者が、遊園地のどこかにいるということ？」

見えない敵の気配を探して、周囲を見渡す。

捜索されることを察知したのだろう。「接ぎ木」によって操られる子どもたちが、動きを変えた。

「お姉さん、遊ぼうよ」

「お姉さん、遊ぼうよ」

「お姉さん、遊ぼうよ」

無邪気を装った空虚な誘い文句で、子どもたちが手を伸ばし、私たちの行く手を遮ろうとする。

「ごめんね、通してね」

目の前の子どもは素直にどいてくれる。だが、すぐその先に別の子がやってくる。ファンに群がられたスター俳優のように、私たちは一歩も進めなくなった。

「なに、この子たち……？」

ついさっきまで、操られているなりに私たちには無関心だった子どもたちが、今ははっきりと、妨げる意思を持っている。

「日野原さん、あそこに逃げましょう！」

指差した先は、「かがみの国」。合わせ鏡が表出者にとってご法度なのは承知の上だろう。彼女は、敢えてそこに逃げ込もうというのだ。

「鏡を逆に利用するんです！」

確信のこもった言葉に、彼女の思惑がおぼろげに理解できた。

「わかったわ。一か八かね」

ここにいては幻惑されるばかりだ。だとしたらいっそ鏡の世界で自ら幻惑された方が、むしろ突破口が開けるかもしれない。

入口から駆け込んだ。周囲が鏡で覆われ、大小様々な「私」の姿がいくつも、周囲に出現した。こんな状況での表出などもっての外だ。どんな歪《ゆが》んだ像が生じるかわからないし、表出の解除時に歪みを心に抱え込んでしまいかねない。

「日野原さん、私がやります。何を表出しましょうか？」

「……シマウマよ！」

強制的に表出をさせられそうになった意趣返しに、敢えてその動物を選ぶ。

鏡の世界で、若宮さんが周囲に視線を巡らしながら回転する。反射したさまざまな「若宮さん」もまた、取り巻いて回転しだす。鏡の世界に敢えて幻惑されながら、若宮さんは、シマウマのイメージを心の内に溜め込んでいる。

――今だ！

一気に表出の意識を高め、若宮さんはシマウマを表出した。

間髪を容《い》れず、子どもたちが雪崩《なだ》れ込んでくる。

通常ならば、こんな目くらましは効かない。だけどここは、「かがみの国」だ。この場の幻惑そのものが、表出したシマウマにも影を落とす。大小様々な、歪んだシマウマの像が「かがみの国」一杯に増幅された。

「お姉さん、どこぉ？」

「お姉さん、どこぉ？」

「お姉さん、どこぉ？」

子どもたちを鏡の世界で足止めし、私たちは出口から外へと走り出た。

「行きましょう。日野原さん」

若宮さんの力の前では、「かがみの国」の歪みに心が侵される心配など無用だった。

「たくや君は、どこに行っちゃったんでしょうか？」

たくや君自身の気配、そして彼が放つ強烈な表出波の気配。その両方を、まったく感じることができない。

「たくや君は、女の子に自分一人だけで会うために、追っ手を遮断する手段を取っているはずね」

私を欺いてまで、一人で向かったのだ。たくや君の後を、容易に辿れるとは思えなかった。

どこかに見落としがないだろうか。園内の案内図を見て、私は愕然とした。

「この先に、メリーゴーランドがあったはずなのに……」

昨日の今日で、撤去されたというわけでもないだろう。メリーゴーランドは、たくや君が女の子の気配を最初に感じ取った場所でもある。

「それじゃあ……」

若宮さんは、私の言葉の意味を汲《く》み取ったようだ。

「たくや君が、誰にも邪魔されないよう、表出波によるシールドを張っているみたいね」

あまりに強すぎる重力が、時空を歪めてしまうように、超級表出者による加減のない力の発動は、空間そのものをそっくり捻《ね》じ曲げてしまう。

「それじゃあ、手出しができませんね」

たくや君の力を熟知する若宮さんは、太刀打ちできないことが説明せずともわかっている。

「いいえ、開けてみせるわ」

「でも……」

若宮さんの躊躇《ちゅうちょ》はもっともだ。私の力は、たくや君どころか、若宮さんにもずっと劣る。だけど今は、説明している暇はない。説明できる類のものでもなかった。

園内案内図のメリーゴーランドの方に意識を集中しながら、私は眼を閉じた。

たくや君の「内側」の、特別な場所に通じる「扉」。それを知るのは私だけだ。たくや君自身ですら、「扉」があることを知らない。それがなぜ、何のために使用されていたのかも。

かつての記憶を呼び覚ましながら、シールドの「扉」の鍵穴《かぎあな》に、私の表出波の「鍵」を差し込む。「開く」感覚があった。目の前には、先に通じる道があった。さっきまで、行き止まりとしか思えなかったのに。

「さあ、行きましょう」

その「一歩」で、世界は激変した。

メリーゴーランドは、昨日とは比べ物にならない光に溢《あふ》れていた。照明ではない。メリーゴーランドそのものが、光り輝いている。

「たくや君が、光らせている」

私たちは感覚の生物だ。眼が見ているわけではない。眼から入った情報を脳が判断し、認識する。たくや君は今、私たちの感覚の絶対的な主導権を握り、シールド内を輝きで満たしていた。

周囲と隔てられた場所で、メリーゴーランドだけが、おとぎの国さながらに、眩《まぶ》しく輝く。

「音楽も……」

若宮さんが、呆然《ぼうぜん》として声を発した。音楽すらも、たくや君が表出したものだ。

たくや君は、あの女の子に逢《あ》うために、この閉ざされた空間を、精いっぱい楽しい本来の遊園地にしなければならないと思い込んでいる。その強い思いが、私たちの感覚すらをも狂わせているのだ。

「お姉さん、やっぱり来ちゃったんだね」

まわり続けるメリーゴーランドの白馬に、たくや君は乗っている。回転に合わせて、姿を現しては消え、現しては消え……。

「お姉さん、ごめんね。ボク、どうしてもあの子に会いたかったんだ」

白馬にしがみつくたくや君は、何かを追いかけるように、必死の形相で進行方向を見据え、脇目も振らない。

「女の子はどこにいるの？」

「ボクの前にいるんだ。でも、追いつけないんだよ」

「たくや君の前に？」

眼を凝らす。姿も気配も感じられなかった。

「日野原さん、私たちも乗りましょう！」

若宮さんは意を決し、回転するスピードを見極めて素早く飛び乗る。私もスカートの裾《すそ》をたくし上げ、後を追った。思ったよりも速い回転にバランスを崩し、手近にあった馬車の柱にしがみつく。

「日野原さん、感じます。たくや君の言う通り、何かがいます」

若宮さんが、私を馬車の座席に引き寄せながらささやいた。

たくや君が見つめる先、そこに確かに、女の子は「いた」。姿は見えない。追いかけ続けることによって初めて、微弱な気配を感じ取ることができる。

「どう思う？　若宮さん」

研究者の視点から、女の子の存在のあやふやさを判断してもらう。

「確かに、実在の存在でも、表出体でもないですね。今までに出会ったどんな存在とも違います」

「表出実体ってことは、考えられないわよね」

「確かに、形としては表出実体が一番近いかもしれません。でも、表出実体にしては、気配が微弱すぎます」

「そうよね」

若宮さんの見解は、私と同じだった。

表出体は、私たちが意識して表出した際にだけ、その姿を現す。だが極めてまれに、強力な表出者が生み出した表出体が、姿を消さずに現実世界に残り続けることがある。「表出実体」と呼ばれる、確固とした実体を伴った存在だった。

女の子は表出体に似ているが、表出者の存在を感じさせず、独立している。表出実体の存在形態と似通っていた。

決定的に違うのは、表出波の弱さだ。表出実体は、超級の表出者があり余る力を凝縮することによって生じる。当然、表出波も一般の表出者を凌駕《りょうが》するほどに強い。あの子のようなか弱い表出実体など、原理的に考えられない。

「ねえ、待ってよ。一緒に遊ぼうよ！」

たくや君が、届かぬ先に手を伸ばす。今のあの子は蜃気楼《しんきろう》と同じだ。永遠に追いつけないだろう。

「女の子に直接聞いてみたら、手がかりがつかめるかもしれませんね」

若宮さんはそう言った。私は馬車から降り、回転によろめきながらたくや君の白馬に近づいた。

「たくや君、あの子と話せる？」

前を向いたまま、たくや君は頷いた。

「すごく小さな声だから、お姉さん、手をつないで」

手をつなぎ、たくや君の導きに、自分の心を委ねた。

「ねえ、待ってよ。姿を見せて、一緒に遊ぼうよ！」

たくや君の呼びかけにも、返事はない。それでも確かに、伝わってくるものがあった。捨てられた悲しみ。自分が存在することが、誰にも喜ばれないという絶望。愛されることを望みながら、愛を向けられることに疑心暗鬼になってしまう臆病さ。そして、癒《いや》されることのない孤独……。それは私が幼い頃、自分の周囲との違いに気付き、海を見つめ続けた日々にも似ていた。

——寂しいの？

知らず知らずのうちに、心の中で問いかけていた。女の子は敏感に反応した。微弱な表出波を精一杯に震わせるようにして、「声」を発した。

「ねえ、寂しいって、なぁに？」

「自分の気持ちが、誰にもわかってもらえなくって、悲しいことよ」

女の子の沈黙は、今までとは違った。自身の心の内を覗くように、胸に手をあてているのだろうか。

「……じゃあ、お姉さんは、あたしの気持ち、わかってくれるの？」

「全部がわかるわけじゃないわ。でもきっと、お姉さんも、あなたと同じだったの」

「あたしと、同じ……？」

警戒しながらも、何らかの救いを求めるように、声に期待が籠もる。

「怖がらないで。大丈夫よ」

眼をつぶり、たくや君の力を借りながら、女の子に自らの表出波を寄り添わせる。形のない母親のような柔らかさで、「彼女」を優しく包み込む。

感覚の中で、おかっぱ頭の女の子の姿が、おぼろげに見えてくる。不安そうに、伏し目がちに私を見つめている。

誰にも認識されず、ひっそりと遊園地を彷徨い続けて来たのだろう。守られることも、愛されることも知らない、か弱くはかなげな存在だった。

私は表出波にゆっくりと力を込めることで、彼女を抱きしめていた。幼い子の日向《ひなた》のにおいが、私を包む。実体の感触はまだないけれど、実在の女の子と変わらない。

「寂しかったんだね……」

女の子に向けた言葉。それは過去の自分に向けるように、心の深い場所までしみ込んでいった。固まったように動きを失った女の子は、少しずつ緊張を解いていった。自分を害する存在ではないことがわかって安心したのだろう。

「あなた、名前は？」

何気ない問いだったが、女の子はきょとんとした顔で、私を見上げたようだ。

「名前って、なぁに？」

「あなたが、あなたで、他の誰でもないって証明するものよ。お父さんやお母さんがつけてくれるもの」

「そんなの……ないよ」

女の子は、初めて知る自分の欠落に戸惑うように、気落ちした声を発する。

「私にはお父さんもお母さんもいない。たった一人だもん。そんなもの、つけてくれる人いなかったわ」

「それじゃあ、私が、あなたに名前をつけてもいい？」

黙り込んだのは、拒絶ではない。今までそんな扱いを受けたことがないので、戸惑っているのだ。

「名前……、つけてくれるの？」

女の子は不安そうだ。自分が名前を持つことを許されるかどうか、判断できなかったのだろう。

「ええ、つけるわ。あなたは……」

私の幼い頃にそっくりな、この子に相応《ふさわ》しい名前。自らに授かった力が、羽ではなく枷にしかなり得なかった私が、海辺に立ち、いつも見上げていた場所……。

「……そら」

「そらって、なあに？」

常に天蓋に覆われた遊園地を出たことがない彼女には、「空」の意味などわからないのかもしれない。

「あなたが、自由に飛んで行ける場所と、同じ名前だよ」

「そら……、そら、か……」

何度も自分の名前を反芻《はんすう》している。

「あたし、ここにいても、いいんだね？」

誰にも見つけてもらえなかった彼女は、生まれて初めて、自分が誰かに望まれた喜びに、心を震わせていた。

「いいのよ、そら。あなたは、ここにいていいの。私が守ってあげる」

そらは顔を上げ、眼を輝かせた。

「そらちゃん。やっと会えたね」

たくや君が、待ちきれないように表出波の「手」を伸ばした。そらはおずおずと、その「手」に触れる。底知れぬエネルギーを蓄えた恒星が、有り余った熱を光として放出するような、無尽蔵のたくや君の力が、そらに注ぎ込まれる。

メリーゴーランドが止まった。たくや君が、そらを迎えるべく駆け出した。

幼い女の子の靴音が響く。

私と若宮さんが待つ中、白馬の陰から、たくや君と手をつないで、その存在は姿を現した。

「はじめまして……。そら、です」

赤いワンピースに黒いエナメルの靴、おかっぱ頭の少女だ。幼さゆえの瑞々《みずみず》しさと儚《はかな》さ、そして無垢《むく》なる瞳……。あまりにも精巧なCG映像のように、実体感がありすぎて、どこか現実味を失った存在だった。完璧につくられた人形に、生命を吹き込んだかのようにも思えてくる。

たくや君と手をつなぎ、力を注がれ続ける間だけ、彼女は疑似的な表出実体として、実体を保つことができるはずだ。

「日野原さん、囲まれました」

たくや君の表出波のシールドが消え去るのを待ち構えるように、操られている子どもたちが、周囲を取り囲んだ。

身構える暇もなく、見る間に子どもたちの姿がぼやけて、見えなくなった。代わりに出現したのは、たくさんのウサギの姿だった。遊園地のネイチャーゾーンにはいくらでもいる動物だ。

「『接ぎ木』の第二段階、強制表出ですね」

若宮さんの声が、警戒を強める。

ウサギはぴょんぴょん飛び跳ねながら、私たちの周囲を取り巻いた。無理やり表出させられたウサギたちが、何の攻撃性も感じさせないまま近づいてくる。警戒は怠らない。だが、危険が生じるようにも思えない。

――これは、もしかして……

念のために、自分の「内側」を探ってみた。心が凍りつく。

「『内側』を削られています！」

若宮さんも気付いて叫んだ。

表出させられている子どもたちの擬製的な表出波が、いつの間にか、無心に私たちの「内側」を削っていた。ウサギが前歯でこりこりと人参をかみ砕くように……。表出者に対してしか効力を発し得ない攻撃だ。

「内側の削れ」は本来、表出を解除する際に起こる現象だ。表出対象をきちんと自身と切り離さないまま消去してしまった場合に生じる。力を短命化するものとして、不注意な解除は厳しく戒められていた。

もちろん相手は、本来は表出の力を持っていない子どもたちだ。表出波の力は微弱で、一人一人を順に引き剝がせばいい。だが、一人を引き剝がせば、また次の子が私の「内側」に食らいつく。すべてを「内側」から押し出してしまわなければ、表出波の「盾」でブロックすることもできない。

身体にまとわり付く虻《あぶ》を払うように、いらだたしく身じろぎする。もちろんそんなことをしても、攻撃が防げるわけはない。

――どうしたら……

身体の内側からゆっくりと希硫酸で溶かされてゆくようだ。私は必死で、攻撃を追い払う術を探った。

「たくや君、何とかできない？」

一縷《いちる》の望みは、たくや君に託すしかなかった。

「駄目だよ。一人一人を相手にしてたらきりがないよ。それにボクが力任せにやったら、この子たちの『内側』に怪我させちゃうよ！」

表出者でもない子どもたちの「内側」は無防備でもろい。たくや君がどんなに手加減しても、子どもたちの「内側」を大きく削ってしまう。もちろん力を持たない者の「内側」を削ったところで身体的な影響は何もないが、「削られた」ダメージは、幼い心にPTSD（心的外傷後ストレス障害）を生じさせる。

「操っている奴の『内側』に入らなきゃ駄目だけど、どこにいるかわからないんだ」

子どもたちを「憑依表出＝接ぎ木」で強制的に動かしている黒幕の「内側」に直接攻撃を仕掛けなければならないが、遠隔操作のように子どもたちを使って攻撃してくる卑《ひ》怯《きょう》な手で、居場所をつかませようとしない。

「たくや君、あたしに任せて！」

そう言うなり、そらはたくや君と握った手に力を込める。見る間に、たくや君は瞳を輝かせた。

「よし、お返ししてやる！」

見えない相手の居場所が判明したのだろう。たくや君は、意気込んで立ち向かう。

「食いつかれ、溶かされる」イメージを、ピッチャー返しのように相手に打ち返す。こうなれば、たくや君に怖いものはない。

「内側の削れ」への恐怖からか、見えない相手が子どもたちに伸ばした触手が縮こまる。操られていた子どもたちが私たちに伸ばした触手も力を失った。その瞬間を、たくや君は逃さなかった。一瞬で私たち四人を強固に守る「盾」をつくり、これ以上の侵食を防いだ。

呪縛は消え去った。思わずため息が漏れる。それは安堵であると同時に暗澹《あんたん》でもあった。私も含め、この国の表出者は、表出者同士で戦うことなど想定してもいない。日和《ひより》見《み》な楽観主義に支配されていた。

国際会議の場で指摘された通り、私たちはぬるま湯につかっていた。今後、表出者の国防利用が高まるとすれば、否応《いやおう》なく、こうした戦いの矢面に立たされることになるだろう。

「助かったわ。ありがとう、たくや君。そして、そら」

頭を撫でると、そらは恥ずかしそうにもじもじしている。役に立てたことが嬉《うれ》しくて仕方がないようだ。

「どうしてそらは、見えない相手の居場所がわかったのかしら？」

若宮さんに耳打ちする。

「わかりません。ですが、あのそぶりだと、以前から知っていた様子ですね」

そらは、見えない敵と、何らかの関わりのある存在なのだろうか？

「これで向こうも、しばらくは攻撃してこないでしょう。今のうちに脱出しましょう」

歩きながらも、次なる攻撃への備えを怠らず、表出波の盾をいっそう強める。ロールプレイングゲームの、新たなダンジョンに迷い込んだ気分で。

ネイチャーゾーンを抜けた場所には、世界各国にある有名建築のレプリカが展示されていた。北洋様式の尖塔が建つ横には、西域の長い返し屋根がついた石造りの建築物が威容を見せる。この国にいながら、世界の文化を学ぶことができるゾーンだ。

そこに再び、子どもたちが待ち構えていた。

「こんな所にいたんだぁ」

遊び相手を発見した子どもの、無邪気な声だった。

「ねえ、遊んでよ」

「ねえ、遊んでよ」

「ねえ、遊んでよ」

口々にそう言って、彼らはじりじりと近寄って来た。手に手に、おもちゃ代わりの石を握り締めて。

「攻撃方法を変えて来たみたいですね」

若宮さんの言葉に、焦りがにじむ。表出波による攻撃が効かないとみるや、敵は直接的な攻撃を仕掛けてきた。

無垢な子どもたちが、突然、凶器に変わるとしたら。他国の要人に花束を渡す子どもが、歓待の国旗を振る子どもたちが、突如として「兵器」に変貌《へんぼう》するとしたら。護衛をする者は、果たして銃を向けられるだろうか？

子どもたちは、自分が操られていることすらわからず、笑みを浮かべたまま、ターゲットに襲いかかる。振り払っても、振り払っても、笑顔のままで……。

世界各地で、テロ行為が頻発している。大義のためなら死をも恐れない人間兵器が養成され、予測不可能な場所に送り込まれる。それが、回りくどい手段を取らずに、お手軽に実現できるとしたら？　子どもたちによる攻撃は、一時的な集団錯乱として処理されるだろうし、彼らに銃を向ける行為は国際的な批判にさらされるに違いない。

私たちが今、目の前に見ているのは、子どもを使った卑劣なテロ行為の予行演習ではないのだろうか。

「ねえ、待ってよぉ」

「ねえ、待ってよぉ」

石を投げながら追いかけてくる。こればかりは、たくや君の力をもってしてもどうしようもない。

「逃げても駄目だよぉ」

子どものたどたどしい歩みではあるが、だからこそ、追い詰められる恐怖は計り知れない。逃げ場を失って、私たちは壁を背に立ち竦《すく》んだ。

「ねえ、いい方法があるよ」

そらが、私のスカートの裾を引っ張った。

「脅かして、びっくりさせちゃえばいいんだよ」

「びっくりさせるって、いったいどうやって?」

若宮さんが先に、そらの意図を理解した。

「そうか。私たちには無理だけど、子どもの純粋な心だったら……」

彼女の見つめる先は、「ミステリーゾーン」と題され、おどろおどろしい外観にペイントされた建物。いわゆるお化け屋敷だった。

「二人でお化けを『出す』の。たくや君はそれをあの子たちに思いっきりぶつけて」

「お化け? そうか、わかったよ!」

たくや君もすぐに、そらの企みに乗ってきた。

「思いっきり、怖がらせてやろうね」

「うん!」

二人は、いたずらを思いついたように笑いあって、すぐに作戦を開始した。

私たちには、「お化け」を表出することはできない。世に喧伝《けんでん》される幽霊なるもののほとんどが、表出者の訓練を見誤った一般人の錯覚であることを知っているし、たとえ本物のお化けがいるとしても、テレビや雑誌の心霊特集なるもののいかがわしさ、胡散《うさん》臭さが心に染みついてしまい、自分自身でストッパーをかけてしまうからだ。

だが、そらやたくや君の純真な心なら、お化けを実在するものと信じて、表出することが可能だった。

二人はそれぞれ、心の奥をさぐっている。今まで経験してきた「お化け」のイメージを凝縮し、一気に表出する。恐怖とはそもそも不定形の感情の揺らぎであるから、表出は短時間で可能だ。むしろ、完成されていない方が有効だろう。

二人の「お化け」の表出の固定化を見計らって、たくや君がそれを、豪速球で子どもたちの眼前に投げつける。

「きゃっ！」

子どもたちは叫ぶなり、手にした石を放り出して、頭を抱えてしゃがみ込んだ。怯《おび》えて泣き出した子もいる。目の前に突然、おどろおどろしい「お化け」のイメージが出現したのだ。相撲で言う猫だましのような、意表をついた騙し技だった。

「この子たちを、『接ぎ木』の影響範囲外に行かせないと」

「埒《らち》があきませんね」

相手は生身の子どもだ。傷を負わせかねない攻撃ができるはずもなく、守り一辺倒では分が悪い。このままではいつまでたっても、騒動の真相には辿り着けない。それに子どもたちは、休息なしで四時間近く遊び続けている。もう体力的にも限界だろう。

「たくや君とあたしの力で、みんなを助けることができるかもしれないよ」

そらはたくや君と手をつないで、頷き合った。

「どうするつもりなの？」

「同じことを、こっちもやり返すの。あたしだったら、できるよ」

無邪気ではあるが、そらは自信ありげだ。どうやら、「接ぎ木」に、「接ぎ木」で対抗するつもりらしい。

「『接ぎ木』を子どもたちに無理強いしている表出者に直接の攻撃ができない以上、対抗するには、それ以上の力で、接ぎ木を上書きするしかないでしょうね」

研究者としての視点から、若宮さんがそらとたくや君の企みを肯定した。

「それにたくや君の力は、あの子と表出波でつながることでとても安定しているようです。日野原さんがついていれば、懸念するような事態になることはないと思います」

私の懸念は、彼女もわかってくれている。

「ねえ、そら。あなた、あの子たちを、自由に操ることはできる？」

「うん、たくや君の力を借りれば、大丈夫だよ」

そらは得意げに腰に手をやり、小さな胸をそらす。

「さっきみたいに、動物にしちゃうことも？」

子どもたちは、三百人いる。そらは周囲を一瞥《いちべつ》すると、朝飯前だとばかりに頷いた。

「じゃあ、お願い。あの子たちをみんな、そらが動かせるようにしてくれる？」

私は心を決めた。この騒動を収束させるために、もっと大きな騒動を起こすしかない。

「まかせて！」

そらは、得意そうに胸を張る。

「行こう！　たくや君」

二人は手をつないだまま、楽しげに歩きだした。陽気なピクニックにでも出かけるようだ。とても、「接ぎ木」に対抗しているようには見えない。

「どうするつもりなのかしら」

「しばらく、見守ってみましょう」

二人は周囲の子どもには見向きもせず、真っ直ぐに歩き続ける。

すると、そばを通り過ぎようとした一人の男の子が、たくや君たちの後に従って歩きだした。磁石に引き寄せられる砂鉄のように。

それを先頭に、周囲の子どもたちが、一人、また一人と、無理やり進路変更させられ、付き従って歩きだす。二人きりの行進が、いつの間にか隊列を組んだ一団となっていた。

「これは……」

「たくや君とそらが、少しずつ、周囲の子どもたちを影響下に置いているみたいですね」

人数は加速度的に増えていった。従う子どもたちが、二人の力を拡《ひろ》げる中継器としての役割をも果たし、周囲に次々と、見えない「接ぎ木」の触手を伸ばしている。

そうなると、もう勢いは止まらない。たくや君たち一行は竜巻の渦の中心となって、周囲の子どもたちを地面から引き剝がすように巻き込み、進み続ける。三百人の子どもたちの大行進だ。

そらが、道端に落ちていた小枝を拾った。

「みぃんな、変身しちゃえ！」

小枝を魔法のステッキに見立てて振り回す。変身アニメの主人公のように、魔法のキラキラした波動が降り注いで見えるようだ。

ゾウ、トラ、ライオン、ウサギ、シカ、アヒル、オランウータン、シマウマ、マントヒヒ、カバ、アリクイ……。そらはたくや君の力を借りて、片っ端から動物を表出させていった。子どもたちは、たやすく表出の媒介となって動物に姿を変え、姿を消してゆく。

「すごい……。子どもたちを『接ぎ木』するだけじゃなくって、これだけ多様な動物に変化させることができるなんて」

「接ぎ木」の実験には反対し続けていた若宮さんだったが、その威力を目《ま》の当たりにして、さすがに研究者としての興味を掻き立てられたようだ。

たくや君の力はもちろんだが、これだけの「接ぎ木」がスムーズに実現したのは、そらが介在しているからに違いない。そらは、何らかの形で憑依表出の技術を身に付けている。

「若宮さん、動物たちに付き添って、遊園地の外へ出て」

子どもたちを、この「終わらない遊園地」から解放することが必要だった。

「たくや君の表出影響域は、約三百メートル。ゲートを出て南に抜けた所に、広い敷地のある廃工場があったはず。そこまで誘導すれば、この子たちが再び、遊園地からの『接ぎ木』の影響を受けることはないわ」

「でも、日野原さんたちは？」

「事件の顛末を見届けないかぎり、ここを離れるわけにはいかないわ。あなただけでも外に出て、社長代行に連絡して！」

「はい、わかりました」

閉ざされたゲートに、若宮さんはすぐさま「凍裂」を仕掛ける。薄く引き伸ばした表出波を扉の隙間に浸透させ、一瞬で硬直させる。

「はっ！」

気合い一閃《いっせん》、文字通り、扉が吹き飛んだ。

「へえ、そんなことができるんだぁ！」

そらは、若宮さんが吹き飛ばした扉に興味津々の様子だ。

「あたしにも、できるかなぁ……」


遊園地の外へと一団となって進みだした動物たちの群れを、そらとたくや君と三人で見送る。私はポータブルデバイスでテレビの中継を拾い、立て籠もり事件の緊急生中継の様子を確認する。


――遊園地南ゲート前より、中継です。

先ほど、ゲートで小規模な爆発があり、閉ざされていた扉が吹き飛びました。中の子どもたちが無事かどうかは、今のところ……。あ～っと、少々お待ちください。新たな動きが……。ゲートの中から、これは……動物です。動物たちが次々と姿を現しました。ゾウ、キリン、シマウマ、サルと、様々な動物たちです。いったいどうしたのでしょうか？

三百体の動物たちが、大通りを進み続ける。若宮さんも年老いたゾウを表出してうまく紛れ込んでいる。時ならぬパレードに、街は騒然となっているようだ。もちろん交通は大パニックだ。

暴徒化したデモ隊の排除ならば、警察や機動隊にはお手の物だろう。だけど、整然と行進する三百体の動物たちを止めることは不可能だ。誰も手出しができないまま、パレードはテレビカメラの前から姿を消した。

◇

動物たちのパレードが廃工場に到達した頃を見計らって、二人に「接ぎ木」での表出を解除させる。

「ねえお姉さん、これからボクたち、どうするの？」

たくや君はそらと手をつなぎ、ピクニックのように浮かれている。私が彼らを連れて行く場所は、決して楽しい場所ではない。それでも、そこに行かなければ、そらが生まれた理由はわからない。

「あの子たちを操っていた人の所に行くの。なんであんなことをしたのか確かめなくっちゃ」

「じゃあ、悪い人なんだね？」

「ええ、とっても悪い人。だから、懲らしめに行きましょう」

「うん！」

遊園地中央のタワーに向かった。らせん階段を、そらは良く知っている場所のように、慣れた様子で上がってゆく。

最上階のコントロールルームには、研究所を彷彿《ほうふつ》とさせる機械群が並んでいた。遊園地をコントロールするには無縁の物々しさだ。研究員らしい白衣姿の人々が、私たちを恐怖の表情で迎えた。外国人も数人いる。

三人の研究員が無言で立ちはだかる。たくや君の腕をつかみかけた一人の研究者が、絶望的な声を上げて立ちすくむ。

「内側に入り込まれています！」

どうやら彼は、表出者のようだ。他の二人は表出の力を持っていないらしく、自己の「内側」を把握することはできていない。だが、言葉の意味は充分にわかっている。

「邪魔すると、心を弾き飛ばしちゃうよお」

たくや君が無邪気に宣言する。表出者であろうがなかろうが、彼の力で「内側」をえぐられれば、一瞬で廃人と化す。人々は、硬直したように動きを失った。

「ここで何をやっているか、説明してください」

恐れをなして後ずさりする研究員たちの背後から、長身の男性が進み出た。

「私が話します。皆さんは、システムの復旧を急いでください」

彼は周囲の研究員たちに持ち場に戻るよう促し、私の前に立った。

「お久しぶりです、日野原さん」

「高畑さん、どうしてこの遊園地に？」

研究所の事件以来、彼は業界を離れていた。私が場にそぐわない質問をしたとでもいうように、小さく肩をすくめる。

「ここまで来られた以上、この施設がただの遊園地ではないということは、わかっていらっしゃるはずでしょう？」

「高畑君、それは……」

責任者らしい男が、高畑さんを咎《とが》めるように袖を引く。

「今さら隠しても逆効果ですよ。それに……」

高畑さんが耳打ちすると、男はあり得ないほどに眼を見開いて、たくや君の姿を見つめた。彼ら研究者にとっては恐れと畏怖の対象でしかないだろう。

「日野原さん、まずはありがとうございました。おかげさまで、子どもたちを影響範囲の外に逃がすことができました」

お礼の言葉ではあるが、わだかまりを感じさせる。ここが「接ぎ木」実験の管制塔である以上、私たちがどんな手段で子どもたちを救ったかは、百も承知のはずだ。

「外部の上級機関と連絡を取り合い、動物を表出した子どもたちがたくや君の憑依表出から抜け出す前に、彼らが一時避難した廃工場は封鎖しました。遊園地も報道規制を敷いたままですから、子どもたちは今も遊園地で立て籠もり犯の支配下にいることになっています。解放のシナリオが動くまで、子どもたちが親元に帰るのはお預けですが」

どうりで、凍裂でゲートを開け放ったのに、警察や報道陣が雪崩れ込んでこないはずだ。

「つまり、この遊園地の本当の顔は決して暴かれず、秘密は秘密のまま、守られるということですね」

高畑さんは無言で頷いただけだ。個人の思いではどうしようもない大きな動きがあることは、説明されなくともわかる。

「どうして現政権が、次世代遊園地建設という優先度の低い事業に多額の予算をつぎ込んだか、わかりますか？」

初めて会った時、彼は私を騙していた。その時を彷彿とさせる穏やかな、そして決して人を寄せ付けない微笑みを浮かべている。

「ここは、表出者の国防利用を推進する上での実験場として機能しているんですよ」

「やっぱり、そうなんですね」

「日野原さんもご存じの通り、力が発現したばかりの幼い表出者は、自分が普通ではないことを思い悩み、家族の前でひた隠しにしているものです」

子どもにとって、自分が特別であるということは、誇りよりもむしろ、疎外への恐怖につながっていた。

「だからこそ、世間から隔絶された非日常の世界、子どもたちがありのままの無邪気さを発揮できる遊園地が、表出者の早期発見のために用意されたわけです。園内の子どもたちのどんな変化も、このコントロールルームは見逃しません」

両親の前では常に力を隠し、普通を装った私たちの「幼き仲間」も、アトラクションに興じるうちに我を忘れ、知らず知らず表出波をはみ出させてしまう。遠隔監視している遊園地スタッフは、それを見逃さず、育成対象として国の管理下に組み込むというわけだろう。

「ですから、お二人が前回、この遊園地に来られたのも、もちろん把握していました。コントロールルームは、すべての動きを停止して、見守っていたんです。このプロジェクトを邪魔されないようにね」

若年表出者の早期発見・育成事業は、五年前の事件以降、研究所の業務から消えてしまった。それは表向き、増えすぎた表出者の数を抑制するための措置だとされてきた。

だが、この次世代遊園地では、私たちがまったく知らないまま、表出者の卵が青田刈りされていたのだ。政策の優先順位を無視してまで強引に進められた計画の裏には、不穏な意図があるのだろう。

「表出者の早期発見のためだけではないはずよね。もっと重要な実験が、ここでは行われていたんじゃないんですか？」

高畑さんは、口をつぐんだままだ。

「遊園地の子どもたちは、明らかに『接ぎ木』の影響下にありました。あれだけの人数を一度に操れる表出者は、今のこの国にたくや君以外に存在するはずもない。だとしたら答えは一つ」

私は高畑さんに指を突き付けた。

「同盟国から秘密裏に持ち込まれた表出実体の仕業ではないんですか？」

この国に一体だけ存在した表出実体は、消え去ってしまった。今いるとしたら、それは同盟国からとしか考えられない。

高畑さんは黙って首を振った。隠しているそぶりは見えない。

「それじゃあ、国内の表出者ってこと？　そんな馬鹿な……」

あれだけの規模での「接ぎ木」をできる表出者が、たくや君以外にいるはずもない。もしそんな人物が密かに関わっていたとして、情報が漏れないはずがなかった。

「日野原さんの知っている表出者ではありません」

「そんな表出者が……」

私は絶句した。この遊園地は、表出者の早期発見の場としてつくられたのだ。その成果が、さっそくあがっているとしたら……。

「想像通り、全国五カ所の次世代遊園地で、力を見出された表出者です」

「そんなに強力な表出者が発見されたということですか？」

高畑さんの表情に、初めてためらいがのぞいた。

「……並列表出です」

予想だにしなかった答えに、私は言葉を失った。

「この国では禁じられているはずですよね」

並列表出は、複数の表出者の力を結び付けて、一つの大きな力にする技術だ。一人の表出者では実現できない強力な表出体を出現させることができる。ただし、表出力の差を調整して均一化するために、表出者は夢遊状態に置かれて、外部からコントロールされることになる。本人の意思にかかわらず表出が強制されるとあって、業界では自主規制的に遠ざけられていた技術だった。

「高畑さん、どうしてそんな実験に肩入れしているんですか？」

五年前の研究所での事件も、元はと言えば並列表出によるナナイロ・ウツツオボエの出現が発端だったのだ。今では並列表出に関わるすべての研究開発が、国によって禁じられていた。彼が、そんな実験に協力するとは……。

高畑さんは、意味ありげにたくや君の姿を見つめた。

「研究所の事件で、この国は、同盟国側から水面下で厳しく責任追及されました。将来的な防衛の切り札として、二国で共同管理してきた表出実体を、みすみす逃がしてしまったのですから」

同盟という対等を匂《にお》わせる言葉は名ばかりで、追従《ついじゅう》の関係にあるこの国が、同盟強化の切り札になる存在を失ったことで、立場が弱くなったのは想像に難くない。

高畑さんはあの場にいて、表出実体の逃走が、社長の仕業であることはわかっている。それを黙ったまま同盟国側に付くということには、彼なりの思惑があるのだろう。

「そこでこの国は、逃がした表出実体に代わる強力な表出者を早急に確保する必要が生じたのです。だからこそ、次世代遊園地がつくられた。とは言え、表出実体に匹敵する表出者が一朝一夕に見つかって、国家の意に添う形で都合よく育成できるはずもありません」

「そこで、苦肉の策として、禁断の並列表出システムを構築した。そういうわけですね」

「巨額の予算を投じて開発されたコンピューターシステム。それも、並列表出を安定的に稼働させるために用意されたものです」

ドームに覆われ、周囲と隔絶された遊園地。ここは、遊園地という夢の施設を隠れ蓑《みの》にした、並列表出と憑依表出の実験場だった。そこでは保護者の目を盗んで、非合法な実験が繰り返されていたのだ。ここにいる外国人は、同盟国側の研究者なのだろう。

かつて同僚として力を発揮してきた高畑さんが、今は同盟国側に付き、この国の表出者の管理を強化する側にまわっている。その変節の理由は、私にあるのかもしれない。社長は姿を消すにあたって、私を支える存在とするために、彼を社に迎えたのだから。私がたくや君と共にいることは、彼を拒絶したも同然だった。

「子どもの自主性を高めるという名目で導入されている、子どもしか入場できない日、『子どもの王国』の日。それは、憑依表出の実験の日でもありました。実験には、邪念のない子どもたちを対象とするのが一番ですからね」

ジェットコースターや観覧車に興じる子どもたちの無垢な心に、「接ぎ木」の魔の手が伸びていたのだ。

「それでは、今日も実験が行われていたんですね？」

「ええ。今朝からの実験でも、システム自体は何ら問題なく稼働していました。ですが、排気システムが……」

「排気システム？」

たくや君と一緒に、最初に偵察しようとした際、遊園地にしては物々しい排気口があったことを思い出す。

「見ての通り、この遊園地はドームに覆われているため、表出波の逃げ場がありません。そのため、通常の排気システムとは別に、表出波の強制排出システムを備えていました。ですが……」

「それが故障したんですね？」

高畑さんが私と話している間も、背後の研究者たちは慌ただしくシステムの復旧作業を繰り返している。

「排気システムが、何らかの影響で作動しなくなりました。それによって、子どもたちは、大規模な自家中毒症状に陥ってしまったのです」

表出波による天蓋を張った際には、注意して「排気」を行わなければ、自身の表出波が天蓋の内側に充満し、表出錯誤を起こしてしまうことがある。排気システムが故障したことによって、それと同じ状態に陥ってしまったのだ。

「それで、何時間も、『接ぎ木』の影響から抜け出せなくなってしまったということね」

どんなに精巧なシステムでも、それを取り巻くわずかな綻《ほころ》びによって、想定外のトラブルを起こすことがある。

「それじゃあ、今朝からの『遊園地立て籠もり事件』というのも、存在しないんですね？」

「ええ、このシステムが暴走してしまった場合の、マニュアル通りの対応です」

確かにそんな状況であれば、外部に知られるわけにはいかなかっただろう。研究所の事件では、安全神話が崩壊した。だからこそ、最悪の事態をも想定したマニュアルが、この遊園地には用意されているのだ。とはいえ、そのマニュアルが守るものは、表出者ではなく、組織の秩序でしかない。

「ですが、たくや君のおかげで、子どもたちは無事に、並列表出の影響範囲から抜け出せました。まだ排気システムは復旧していませんが、どうやら最大の危機は脱することができそうです」

高畑さんは、黙って話を聞いていたたくや君に、初めて眼を向けた。

「いいえ、お礼はこの子、そらに言ってください」

「その女の子も、表出者なのですか？」

高畑さんは、意外そうに、たくや君と手をつなぐそらを見つめる。

「高畑さんたち研究者は、そらの存在を認識していなかったということですか？」

「日野原さんが外部から連れ込んだ表出者だと思っていたのですが」

「そらは、ずっとこの遊園地にいたんです。実体でも、表出実体でもない、極めて希薄な存在として。たくや君が力を増幅して、やっと意思の疎通ができたんですから」

「実体でも、表出実体でもない存在？」

高畑さんは首をひねった。

「そんな存在は、我々のモニタリングでも確認できませんでしたが……」

私は、後ろにいたそらとたくや君を振り返った。

その姿に愕然とした。そらと手を握ったたくや君は、魂を失ったように、うつろな表情をしていた。

「たくや君、どうしたの？」

問いかけても、聞こえている様子ではない。

「……ごめんね、お姉さん」

代わりに答えたのはそらだった。

「ごめんって、そら、たくや君にいったい何をしたの？」

「たくや君の力を借りるよ。使わせてもらうね」

そらはたくや君と通じ合うことで、力を共有していた。それなのに今の彼女は、たくや君の精神までを乗っ取ってしまっているかのようだ。

「さっきのお姉さんと同じこと、ここでしちゃうよ」

「さっきのって……、もしかして、若宮さんの凍裂のこと？」

そらが、覚悟を決めた表情で頷いた。

「冗談を言ってるのよね、そら？」

押し殺した声で、私は牽制《けんせい》した。

「たくや君の力で凍裂をやったらどうなるか、わかるはずよね？」

凍裂は一瞬に力を凝縮して爆発的な力を生じさせる、力の弱い表出者にも使用可能な唯一の攻撃力だ。それを、途方もない力を持ったたくや君がやったら。

「止めて、そら。そんなことをしたら……」

このタワーがどんなに堅牢だろうが、粉々になってしまう。

「あたしは、どうしてもやらなくちゃならないの。あの子たちのために」

「あの子たちって……、いったい誰？」

もうそらは答えようとせず、つないだ手に力を込めた。その途端、たくや君の力が爆発的に広がった。表出波の奔流。沈没する船の操舵室のように、周囲の機械が、表出波の中に沈み込んでいった。

「……まずい、本気だ。みんな逃げろ！」

高畑さんはすぐさま、事態の切迫を嗅《か》ぎ取った。研究員たちに撤退を命じる。

「早く逃げないと、すぐにバクハツさせちゃうよ！」

そらは、追いたてるように、無邪気に笑った。笑顔に悲壮すぎる決意がにじむ。研究員たちが慌てふためいて、非常口から階段を駆け下りてゆく。

そらは頬《ほお》を膨らませ、一気に力を増幅させた。表出波が建物の外壁材と内装の隙間にまで浸透し、緩やかにたゆたう。力の「波」が、凍りついたように硬直化した時、大爆発が起きる。タワーの建屋が粉々になって消し飛んでしまう様がありありと浮かんだ。

「日野原さん、あなたも逃げてください。危険です」

「でも……」

高畑さんは躊躇する私の手を無理やり引く。そらとたくや君を残し、私は何度も振り返りながら非常階段から脱出した。


「そら……、いったいどうしちゃったの？」

タワーを離れ、遊園地の外壁近くまで避難した。私はまだ、そらが変貌してしまったわけを測りかねていた。

「タワーが破壊されても、地下の『揺りかご』に影響はないだろうが、しかし、まだコントロールが回復していない状態では……」

高畑さんは、最悪の事態を前に、落ち着きなく呟いていた。

「揺りかごって……」

その言葉には聞き覚えがあった。忘れるはずがなかった。

「並列表出の実験対象がいる部屋の通称です。力を制御するための隔壁容器で、日野原さんも研究所で見たことがあるはずです」

「今、そこにいるのは、どんな表出者なんですか」

「あの子……、日野原さんがそらと名付けた子と同じような年頃の、六人の女の子です。全国の次世代遊園地で発見された候補者の中から選抜されました」

「六人の、女の子？」

「並列表出の効率を最大化するためには、なるべく個体差が少ない方が、ロスがありませんからね。六歳から八歳までの女の子六人が、揺りかごの中に入っています」

「その子たちは、並列表出の実験をうけるということを理解しているはずはないですよね。両親は納得しているんですか？」

継続的に実験が行われているということは、その子たちは学校に通うこともできず、閉じ込められているのではないだろうか。

「……両親の承諾がなければ、未成年の表出者に表出をさせることはできませんから」

「つまり、子どもたちは、売られたんですね。両親に」

明言を避けるように、高畑さんは顔を背けた。

幼い頃から力を発現させた表出者は、かつては人身売買にも近いやりとりで親から引き離され、業界に組み込まれていった。表出者の国家による管理が進もうとしている今、それは大規模かつシステマチックに行われているのだろう。

「それじゃあ、そらは……」

　ようやく理解することができた。そらが生まれ、この遊園地にいた、そのわけを。

　並列表出の夢遊状態だからこそ、六人の女の子たちは、命じられるまま、「接ぎ木」実験に力を使った。だが、意に染まぬ形の実験は、無意識のうちに子どもたちの気持ちを一体化させたのだろう。両親に捨てられた悲しみ、閉じ込められて外の世界に出られない孤独、未来を思い描くことができない絶望……。それらが意図せず半実体化して、一人の女の子の姿となって「表出」していたのだ。

　だからこそ、私が心の奥底に抱えていた孤独に感応し、そらは、実体として姿を現した。「内側」に入り込む攻撃を受けた際に、そらが相手の居場所を知っていたのも当然だ。そら自身が、女の子たちの分身のような存在だったのだから。

　――もしかしたら……

　本来起きるはずがなかった排気システムのエラー。それは、たくや君が呼びかけることで、今まで希薄だったそらの意識が活性化し、そらの「本体」である女の子たちの並列表出に何らかの影響を与えた結果ではないのだろうか。

　いつまで経っても、凍裂による爆発は、起こる気配がない。

「失敗したのか。それとも、心変わりしてくれたか？」

　高畑さんが腕組みして、希望的観測を漏らす。

だが、私は不安を拭《ぬぐ》えなかった。いずれにしろ、導火線の火が消えたかどうかはっきりしない爆弾を前にしたようなものだ。近づくことはできない。

「並列表出の女の子たちがいる揺りかごは、タワーの地下にあるって言っていましたよね？」

「はい、五層の防壁の下、地下五十メートルに」

ぼんやりとした不安が、次第に形を伴いだす。

「もしかしたら、そらは、コントロールルームを爆破する気はなかったのかもしれない」

「どういうことですか？」

「目的は、システムを破壊することではなく、私たちを遠ざけることだったのでは？」

たくや君と結びつくことで大きな力を得たそらが、望むこととは……。

「そらは、六人の女の子の元に向かったはずです」

「いったい、何のために？」

「女の子たちが、二度と表出をできないようにするためにです」

自分が生み出されてしまったこと。それこそが、そらの苦悩であり、悲しみだった。そのすべてを無に帰し、女の子たちを解放するつもりなのだ。

「ですが、もしそらという女の子が、並列表出をした女の子たちの無意識から生み出されたのだとしたら、そんな行動に出るはずがありません。女の子たちがいなければ、あの子もまた、存在できないんですよ」

自らを生み出した宿主を消してしまえば、そら自身も存在できない。自殺行為そのものだ。

「それもあの子はわかっている……。それでも、自分のような存在が二度と生まれないようにすることこそが、解決だとわかっているはずです。今、自分が止めなければ、また他の子で何度でも同じ悲劇が繰り返されることも」

「だとすると、本当の目的は……」

私と高畑さんは顔を見合わせ、同時に走りだしていた。

タワーに舞い戻り、地下へと向かう。網膜認証でセキュリティを解除しようとした高畑さんは、すぐにそれが無意味だと悟ったようだ。

「予想通りですね」

地下への通路を塞ぐゲートはすでに、小型爆弾が爆発したように吹き飛んでいた。紛れもない、凍裂による破壊だ。粉砕された扉の破片を乗り越えて、階段を駆け下りる。

「セキュリティは何カ所あるんですか？」

「地下の揺りかごは、合計五層の防壁で守られています。第三層から先は対表出者用の防壁も兼ねていますから、どんな表出者でも容易く辿り着くことは……」

言葉とは裏腹に、次々と現れる粉微塵《こなみじん》になった扉たち。高畑さんの足どりは、次第に速くなっていった。

◇

破壊された五層の防壁の残骸を乗り越えて、私と高畑さんは、地下五十メートルにある揺りかごに辿り着いた。

金属の壁に全面が覆われた無機質な空間に、六個の、巨大な乾電池状の隔壁容器が並ぶ。六人の女の子たちの力を結び付けて、並列表出をさせていた現場だ。女の子たちは一人ずつ眠りにつき、強制的な表出、接ぎ木の実験台となっている。

そらとたくや君は、そこにいた。

「そら……、何をするつもりなの？」

揺りかごを前に立ち尽くす二人の姿は、悲しみに満ちていた。まるで自らの墓標を前にしたように。

「日野原さん、危ない」

高畑さんの緊迫した声が、それ以上踏み出すのを制した。

「この先は、すでに強制表出の影響範囲です」

揺りかごとそらたちを中心とした半径二十メートルほどの空間には、濃密な表出波が渦巻いていた。まるで音も風も生じない竜巻だ。一歩でも入れば巻き込まれ、意思をコントロールされて、強制表出の餌食《えじき》となってしまうかもしれない。でも……。

「これは……、たくや君の表出波ね」

対する揺りかごの女の子たちからは、何ら表出の気配を感じない。

「ねえ、みんな、聞こえる？」

六人の女の子たちに向けて、そらが語りかける。

「みんなは、ここに来る時に言われたよね。頑張って言われたことを守れば、いつかおうちに帰れるって。でも、そんなの嘘《うそ》だよ。だって、会いにきてくれたことなんか、一度もないでしょ。パパとママは、みんなを捨てたの。もう、迎えに来てはくれないんだよ」

そらはわかっている。自らの悲しみが、揺りかごの中の女の子たちと同じだということを。

「そんな時の、胸がズキズキする気持ちを、寂しいって言うんだよ。もう、そんな思いはしたくないでしょ？　だからもう、待つのはやめよう。さよならしようよ。ね」

幼い妹に言い聞かせるように、そらは自らの思いをぶつけた。揺りかごからは何の反応もない。暴走が止まったのか。それとも、そらを侮って無視を決め込んでいるのか……。

「お姉さん、ありがとう。ごめんね」

振り返ったそらが、私に笑いかけた。泣きだす寸前の、顔をくしゃくしゃにするような笑顔だった。

「何をするつもりだろう？」

高畑さんが、いつでも退避できるように、警戒しながら後ずさりする。そらによって、たくや君と並列表出の女の子たちの力が結び付くとしたら、脅威以外のなにものでもない。

たくや君とそらの姿が薄れてゆく。表出が進んでいるのだ。それに応じて、表出された「何か」の輪郭が浮かび上がってくる。

「これは、象……？」

高畑さんは、不安げに口走った。

確かに象だ。象皮という言葉そのままの皮膚には、こびり付いた土が苔生《こけむ》し、もはや大地の一部と化したようだ。年老いた象だとわかる。眠っているのだろうか。身体を横たえ、ピクリとも動こうとしない。

「これは……、『象の墓場』だ！」

高畑さんが断言する。

私たちは、さまざまな動物を、自らのイメージに基づいて表出する。奔放なイメージ力さえあれば、ダチョウに空を飛ばせることも、クジラに地面を歩かせることも可能だ。だけど、どんなにイメージ力が強くても、死んでしまった動物を表出することはできない。表出した動物の「死」が、本人の心までを支配しかねないため、心が自然にブレーキをかけてしまうからだ。

だけどたった一つだけ、死のイメージを心が拒否しない動物がいる。それが象だ。象は自らの死期を悟ると、群れを離れ、「象の墓場」と呼ばれる場所で、人知れず永遠の眠りにつくという。そこは、死を迎える恐怖の場所ではなく、運命として受け入れるべき安らかな「終《つい》」の場所として、人々の心に認識されている。

そらはたくや君の力を借りて、「象の墓場」、すなわち寿命を迎えた象を女の子たちに憑依表出しようとしている。表出が完了すれば、「死」の圧倒的なイメージが表出者本人にフィードバックされてしまう。その結果、終わりなき表出の「無」の上を永遠に彷徨うことになる。それはすなわち、死と同義だった。

そらは、女の子たちの心の奥底の悲しみや絶望を断ち切るために、彼女たちの存在そのものを消してしまうことを決断したのだ。

「たくや君！　そら！」

なおも薄れようとする、二人の実体に向けて、私は叫んだ。今、止めなければ、「象の墓場」の表出が完了し、二度と抜け出せなくなる。

「駄目です！　憑依表出の影響下に入ったら、日野原さんも巻き込まれてしまいますよ」

駆け寄ろうとする私を、高畑さんが力ずくで引き留める。

薄れかけたたくや君とそらの実体が、乱れたビデオ映像のように、現れては消えるを繰り返す。

「並列表出の女の子たちが、『象の墓場』の影響を押し返そうとしている」

「たくや君の全力での表出に対抗できるなんて……」

並列表出の威力を物語る。驚くべき事態だったが、今はそらの企みが破られたことに、救いを感じる自分がいた。

巨大な風船が割れるような、象のイメージの崩壊に、私は思わず眼をつぶった。

恐る恐る眼を開ける。二人は無事だった。

「え……？」

まるで鏡と向き合うように、二組のそらとたくや君が、そこに出現していた。

「そら……、どっちが本当のそらなの？」

私は判断に迷って、どちらのそらへともなく声をかけた。

「あたしだよ」

「あたしだよ」

二人のそらが、同時に答える。

「そらとたくや君の姿を、ミラー表出で、そっくり写し取っている……」

本来なら、「本体」と「ミラー」は、実像と虚像であるから、虚像の方には、ほんのわずかな遅れが生じる。それに第一、我々表出者に、区別がつかないはずがない。

それなのに、目の前で対立し合う鏡映しのそらとたくや君は、どんなに眼を凝らしても、違いも優劣も見分けがつかない。完璧に同じだった。

「並列表出のためのコンピューターシステムの演算速度を利用しているようですね」

高畑さんが押し殺した声で推測する。並列表出で力を結合された六人の女の子は、高速演算によってたくや君に匹敵する力とスピードを手に入れた。

「そら、やめなさい。勝っても負けても、あなたが傷つくだけよ」

二人のそらが頷く。これから始まる死闘の結果を、互いに充分に理解している。

「あたしは、あなたを消してしまわなきゃならないの」

「あたしは、あなたを消してしまわなきゃならないの」

突き付ける指が、まったく同時に互いに向けられた。

そらが、ミラー表出された「偽物のそら」に負ければ、そらの存在は消える。逆に、たとえそらが勝ったとしても、そらは女の子たちの無意識によって表出されたのであるから、存在の基盤を失う。

自滅にしか向かわない戦いに向けて、そらは自らを奮い立たせていた。

「じゃあ、いくよ」

「じゃあ、いくよ」

攻撃が始まった。二つの力の衝突は、巨大な金属の塊を空中でぶつけ合うようだ。周囲を揺るがす衝撃のイメージが、まともに吹きあたる。人の喧嘩ならば素手での殴り合いに近い。原始的で、極めて直接的な、表出波のぶつかり合い。イメージでしかないのに、現実以上のリアリティで、私と高畑さんに襲いかかる。一歩たりとも攻撃域に近づけない。

「あなたは、操られているのよ。わからないの？」

「あなたは、操られているのよ。わからないの？」

そらの必死の懇願すら嘲笑《あざわら》うように、もう一体のそらが瞬時にオウム返しをする。

並列表出は、つながれる表出者間の力を均衡化するためにも、それぞれの抱えた心の揺らぎは、不安定要素として排除される。片やそらは、女の子たちの心の揺らぎそのものだ。ジキルとハイドのように、互いの意思が嚙《か》み合うはずもない。

戦いは互角だった。

そらとたくや君の連合軍の攻撃は、ミラー表出されたそらとたくや君の力と伯仲し、一進一退の押し合いを繰り返していた。

そんな中、私は気付いていた。いつの間にか一方のそらが、不気味な笑みをたたえていることに。

「何にもできない奴と思って見逃してあげてたら、調子に乗って」

憎々しげな声を発する。そちらが並列表出の女の子たちの思いを語る、「ミラーのそら」だった。

そらの存在は、ずっと前から把握していたようだ。女の子たちにも外部にも、何の影響も及ぼせない取るに足らない存在だからこそ、今まで相手にする気もなかったのだろう。

「そのたくや君って奴が来てからだよね。遊園地の隅っこで泣いてるだけだったあんたが、生意気に動いたりしゃべったりしだしたのは」

ミラーのそらは、値踏みでもするように、本物のそらとしっかりと手をつないだたくや君を睨み付ける。

「ねえ、あなたはだぁれ？」

「……ボク？　ボクは、たくやだよ」

たくや君はうつろな表情のまま、ミラーのそらの質問に答える。

「たくや君、あなたは何歳？　どこで生まれたの？　お父さんやお母さんはどこにいるの？」

ミラーのそらから、矢継ぎ早に質問が繰り出される。それは次第に、詰問の様相を呈してきた。

「ボク……、ボク、わかんないや」

たくや君は、戸惑いをあらわにして首を振った。

「揺りかごは、並列表出のためのコンピューターシステムと接続しています。そこから表出者情報にアクセスすれば、たくや君がどんな存在なのかも、すぐにわかるはずです」

高畑さんが、焦りの色を濃くしてつぶやく。

「たくや君は、大人と同じくらい背が高いね。あなたのまわりに、そんな大きな子どもがいる？」

「やめて！」

私は叫んだ。これ以上たくや君に、自分のことについて疑問を持たせるわけにはいかない。

「たくや君、考えないでいいの。たくや君はたくや君、それだけでいいの」

私の焦った言葉は、彼を余計に不安にさせる結果にしかつながらなかった。

「お姉さん。ボクって、ボクって……いったい『誰』なの？」

たくや君には、幼い頃の記憶は存在しない。それを思い出してしまえば、自分が十歳であるという矛盾を、否応なしに突き付けられてしまう。

たくや君は無邪気だ。それは、自らの矛盾や危うさに気付いてしまわないための、自己防衛でしかない。ミラーのそらの放った矢は、たくや君の唯一の弱点を正確に射貫《ぬ》いた。

「ボクって、ここにいちゃ、いけなかったんだね」

「たくや君、駄目！」

私の絶叫を封じるように、ミラーのそらは、一段と声を高めた。

「そう。あんたは、ここにいるはずがない子なの。だからもう、あたしのジャマをしないでね」

ミラーのそらの言う通り、たくや君は、ここにいてはいけない、いるはずのない存在だった。

五年前、社長は表出実体、ナナイロ・ウツツオボエと全力で力をぶつけ合った。研究所の堀尾《ほりお》さんは、前代未聞の一騎打ちの結果を、「表出波の相殺消滅」と表現した。強力すぎる表出波の真正面からのぶつかり合いが、逆に、互いの表出波を打ち消し合う結果となったのではないかと。

それでも、衝突の大きな衝撃は、社長に思いもよらない影響を及ぼした。交通事故の衝撃で記憶喪失となる事例があるように、社長は、「社長」としての記憶いっさいを失ってしまった。私の元に残されたのは、社長の姿そのままでありながら、私と出逢ってからの記憶いっさいを失った、たくや君だった。

しかしたくや君には、強大な力が残っていた。

それは、大人としての記憶を失い、自分を子どもと思い込んでいることが幸いしていると、堀尾さんは推理していた。幼い自我による表出の出現形態「幻出」では、「内側」の削れは起こらない。社長の意識は、自己防衛機能として表出を幻出だと自分自身に思い込ませて、内側が完全に擦り減る紙一重の部分で踏みとどまっているのだと。

——どんな形でもいい、ここにとどまってほしい……

五年前のあの瞬間、私は強く願った。ある意味、私の望みはかなえられた。私は社長の姿をしたたくや君と片時も離れず、この五年間を過ごしてきたのだから。

たくや君が表情を失い、棒立ちになった。無尽蔵にも思えた力が、穴の空いた風船のようにしぼんでゆく。自分に疑いを持ってしまった以上、自らの存在を拠《よ》り所とした表出で、大きな力が発揮できるはずがない。たくや君の周りに渦巻いていた濃密な表出波が消え去る。そらも後ろ盾となる大きな力を失い、かろうじて実体を保つので精一杯のようだ。

ミラーのそらは勝ち誇った表情を浮かべ、そらに向き直る。

「さあ、もういたずらができないように、あんたには消えてもらうから」

ミラーのそらの「内側」が、ぽっかりと空いた。まるでブラックホールのように、有無を言わせずそらを引き込もうとする。たくや君とそらの、握っていた手が離れてしまう。

「いや！　吸い込まれる！　やだ！」

私はそらに駆け寄り、必死に食い止めようとした。そらの実体を守る上では、何の意味もないとわかっていながら。

「ダメ！　まだあたしは、消えるわけにはいかないの！」

土砂崩れで、足元からぐずぐずと大地が失われていくように、そらは必死に手を差し伸べる。私はその手を強く握りしめた……はずだった。砂をつかんだようにあっけなく、手のひらから気配は消え去った。

そらの存在そのものが、本来の居場所へと引き戻される。そらの実体が消え去った。並列表出の女の子たちの「内側」に取り込まれたのだ。たくや君は、そらが消えたことにも気付かず、棒立ちのままだ。

「やった、やった！」

邪魔者を消し去って、ミラーのそらは小躍りして喜んでいる。

——今だ！

油断しきって無防備な「内側」に、私の表出波の突端を食い込ませた。今すぐ救い出さなければ、そらは奥深くに押し込められ、二度と表に出て来ることができなくなる。

並列表出によって形成された六人の女の子たちの、連接された「内側」。そこは途方もない広がりだった。人の訪れを拒絶した廃墟《はいきょ》であり、絶望と怨嗟《えんさ》が瘴気《しょうき》のように満ち満ちた闇そのものだ。

——そら、どこにいるの？

虚無の闇の只中で、地図も磁石もなくそらを捜す。それは真っ暗な砂漠を闇雲に歩いてオアシスに辿り着く以上に望み薄だろう。

「なぁに？　まだジャマするつもりなの？」

ミラーのそらは、私の抵抗などものともしていない。

「あんたさあ、どうしてあんな奴《やつ》を助けようとするわけ？」

私が、本来縁もゆかりもないそらを助けようとすることを不思議がる。

そらは、六人の女の子たちの純真な心の結晶化した姿だ。それを消してしまえば、女の子たちは純真さを失い、表出するためのマシーンと化す。このまま、そらを消させるわけにはいかない。

——そら、どこなの？

闇の中の壁を、私は叩《たた》いた。無駄なあがきだとわかっていながら、何度も何度も……。願いが通じることだけを信じて、一心不乱に。

「もう、うっとうしいなあ」

私ごときが楯突《たてつ》くこと自体が、自尊心に触れたようだ。「内側」に触れた私の表出波の先端が、弾き飛ばされる。相手にとっては、ほんの小指の先で弾いた程度の力だったろう。それでも私からすれば、大型ダンプに真正面からぶつかったも同然だった。

「あぁ……」

痛みはない。だが、「内側」が、土砂崩れの後のようにごっそりとえぐられたのはわかる。もう一度同じ衝撃を食らえば、私は廃人となってしまうだろう。

それでも私は、再び闇の中のそらに手を差し伸べた。女の子たちのためにも、そらは絶対に守らなければならなかった。

「そんなに聞き分けがないなら、あんたの力も、ぜんぶ吸い取っちゃうよ」

ミラーのそらは、忌々しげに言って、今度は全力で、私を弾き飛ばそうとする。

——ごめんね、そら、たくや君……

私は、身体の内側が焼けつくような「熱」のイメージを植え付けられ、次第に意識が遠ざかろうとしていた。

「お姉さん、どうしたの？　大丈夫？」

ようやく正気を取り戻したたくや君が、不安を露わにした声を発した。

「……ええ、大丈夫。ここにいるわ」

精一杯の気力を振り絞って、異変に気付かれまいとする。

「でも、お姉さん、力を感じないよ。どうして？」

感覚の鋭敏なたくや君を騙しようもない。私が内側を削られ、力を奪い去られたことは、すぐにわかっただろう。

「あれ！　そらちゃんは？　そらちゃんはどこ？」

気付いてしまった。さっきまでしっかりと手をつないでいた存在が、忽然《こつぜん》と姿を消したことに。

「もう遅いよ。あいつはあたしの中に吸い込んじゃったからね。今から、二度と外に出ないように押しつぶしてやるんだ」

ミラーのそらは、胸を張って自らの力を誇る。

そらと瓜《うり》二つでありながら、そらとは全く違う邪悪な言葉に、たくや君は呆然としていた。

「じゃあ、もう、そらちゃんは、ここにはいないの?」

自らの放してしまった手を、信じられないというように見つめた。後悔はすぐに、ミラーのそらへの怒りに転じた。

「やっちゃいけないことをやったね」

「やったよ。それがどうしたの?」

「……許さないよ」

無邪気なたくや君らしからぬ大人びた声。それは危険の合図だった。

「許さなかったらどうするっていうの?」

からかうように言って、あっかんべーをする。

たくや君の口が、ぽっかりと開いた。漏れ出す嗚咽《おえつ》のような声が、低くうなるように響き、次第に大きくなっていった。

それは、叫びの形を借りた、表出波のほとばしりだった。

「まさか、凍裂で揺りかごを壊すつもりじゃ……」

恐怖と不安で、心が張り裂けそうになる。凍裂は、瞬間的に力を増大させる手法だ。それをたくや君の力でやってしまったら……。

「揺りかごは、外部からの表出波の干渉に対して絶対安全です。凍裂をしかけても内部の女の子には傷一つつけることはできません」

高畑さんが断言する。凍裂は、構造物のわずかな隙間に表出波を浸透させたのち、一気に硬直化させて破壊する。揺りかごが完璧であるならば、表出波を浸透させることは不可能だ。中の女の子には何の影響も与えられない。

ミラーのそらは、濃密な表出波のシールドでしっかりと揺りかごをガードしている。たくや君の表出波は、触れることすらできずにいる。

たくや君はミラーのそらのシールドを、さらにすっぽりと包み込むようにシールドを張って、内側に表出波を封じ込める。最大限に効力を発揮するためだ。

「たくや君、駄目！　シールドを張って凍裂をやっちゃ！」

すぐそばにいる私に凍裂の被害を与えまいとする無意識の配慮でもあるだろう。たくや君の凍裂を至近距離で浴びれば、私は壁に叩きつけられて粉々になってしまう。

それでも、叫ばずにはいられなかった。

シールドを張った中での凍裂は、まともに自身の「内側」にフィードバックされる。「社長」であった頃から、彼の「内側」は取り返しがつかないほどにボロボロだった。私はたくや君の「内側」を守ることに力を尽くしてきたと言っても過言ではない。

雄叫《おたけ》びを上げながら、たくや君が凍裂を放つ。シールド内で、ジャンボジェット同士が空中衝突したような衝撃が、音もなく生じる。たくや君の身体自体はシールドの外側にある。だが、「内側」はまともに衝撃をうけたのだろう。堪《たま》らず、うずくまってしまった。

「やめなさい、たくや君！」

たくや君に駆け寄り、身体を揺さぶった。衝撃のダメージで正気を失ってしまったたくや君は、壊れた機械のように凍裂を繰り返す。止めようがない。

私は覚悟を決めた。シールドの内側から止めるしかない。崩れきった「内側」にほんのわずか残された「力」を掻き集める。たくや君のシールドを開く「扉」の鍵穴に、表出波の「鍵」を差し込む。

「日野原さん、何をするつもりですか？」

高畑さんが私の思惑を察知して牽制する。

「たくや君のシールドを強制的に開けます。危険ですから高畑さんはここを離れてください」

「そんなことをしたら、日野原さんは直接、凍裂の爆風を受けてしまいますよ」

「早く逃げて。死にたいんですか！」

私の叫びに本気を嗅ぎ取り、高畑さんは堪らず逃げ出した。

執拗な凍裂によって、ミラーのそらのシールドにもほころびが生じていた。頑強な揺りかごの蓋《ふた》がゆがみ、わずかな隙間ができたのだ。

たくや君は、その隙間から、表出波を揺りかごの中まで浸透させた。

「ちょ、ちょっと、やめなさいよ！」

　ミラーのそらが慌てて抵抗するが、もはや手遅れだ。私はたくや君のシールドの「扉」をこじ開けた。たくや君の「内側」に、もう限界が来ていることが伝わってくる。それでも、たくや君はやめようとしない。

　たくや君の、渾身の凍裂。

　爆風をまともに受ければ、肉体など粉々に砕ける。もう間に合わない。たくや君も、そらも、並列表出の女の子たちも、そして私自身も……。すべてが失われてしまう。

「社長！」

　思わず叫んでいた。たくや君の中に、ほんの微かでも残っているかもしれない社長の意識に願いを込め、強く念じる。

　私を縛る社長という檻は、なくなってはいない。今もそこにある。限りなく広く、大きな檻だ。それがあることが、私の希望であり、絶望でもあった。

　人間のちっぽけさを呪《のろ》い、ちっぽけだからこそ得ることのできる小さな幸せに心を慄《おのの》かせながら、私は檻の中で守られていると信じて、羽ばたき続けていたのだから。

　その瞬間、目の前に、強い光が出現した。

　光に包まれた「存在」は、私の感覚に限りない眩しさを伝え、直視することができない。

安堵と不安、嫌悪と思慕、邂逅《かいこう》と隔絶、愛情と憎悪……。さまざまな相反するものが、私を包む。何ものにも妨げられることのない光が、その場を満たした。たくや君は、光によって縛られたように、凍裂の寸前で動きを封じられていた。

光の中から出現した姿に、私は言葉を失う。紅蓮《ぐれん》の炎をまとったような真紅の羽は、一瞬の羽ばたきで、氷瀑《ひょうばく》のような蒼《あお》をまとう。苔生した古木の幹を思わせる体軀《たいく》は、身じろぎ一つで、麦秋の草原の金色に様変わりする。一瞬たりともその姿の真実をつかませようとしない、変幻自在の七色。

遥《はる》か天高くに舞い上り、姿を消したはずの表出実体、ナナイロ・ウツツオボエだ。

「な……なに、何なの、こいつ？」

ミラーのそらは、新たな力をため込むように身構えた。眩しすぎる光に向けて、表出波が一段と濃密さを増す。巨大なおむすびでも作るような手つきで、自らの前で表出波を凝縮する。言うなればそれは、表出波による「爆弾」だった。好きな場所に放って、ベストのタイミングで爆発させることができる。

「みんなまとめて、吹っ飛んじゃえっ！」

「爆弾」が放たれた。ナナイロ・ウツツオボエが粉々に……ならなかった。避けもせず、はね返しもしていない。そよと空気が動くことすらなかった。

「え？　どういうこと？」

ミラーのそらは、「爆弾」が不発に終わった理由がわからず、きょとんとしている。

――もしかして……

私は、戦慄《せんりつ》と共に理解した。「爆弾」は、確かに爆発した。だが、ナナイロ・ウツツオボエが自らの表出波で真空パックするように封じ込め、一瞬で消滅させてしまったのだ。爆発のすさまじい衝撃ですらものともせず……。

「ようし、今度こそっ！」

ミラーのそらは気を取り直し、新たな力を全身にみなぎらせる。表出波を分厚い束に凝縮して折り曲げ、さらに圧縮する。まるで鋼の刃《やいば》を鍛えるように、それを何度も繰り返す。表出波は、見る間に研ぎ澄まされた一本の刃と化す。刀身を蒼く底光りさせて、剛強さと鋭利さとをまざまざと見せつけながら、超高速で放たれる。ナナイロ・ウツツオボエの喉元に食らいつかんとする。

その瞬間、ナナイロ・ウツツオボエの力が変化した。

力の増減とは次元が違った。ナナイロ・ウツツオボエの姿には、何の変化もない。不変であり続けることが、絶対的な力の差を知らしめる。ミラーのそらの「刃」の攻撃を、ナナイロ・ウツツオボエは相手にすらしていなかった。

まるでその力は、火山から一気に噴出した灼熱《しやくねつ》のマグマだ。どんな攻撃も防御も、何の意味もなく呑み込んで溶解させる。何ものも、抵抗する術はない。「刃」は、熱せられたバターのようにあっけなく消え去った。

奇妙に静謐《せいひつ》な戦いだった。

大画面で音声が消去された映画を見ている気分だ。迫力はあるが、それはどこか、私を置き去りにするように、臨場感を失っていた。「光」から無尽蔵に吐き出される力と、駆逐されてゆく「闇」。表出波による力比べというより、まるで光による天地創造の様を垣間見るようでもあった。

「こんなことって……こんなことって、ありえない！」

ミラーのそらは、驚愕《きょうがく》を顔に張り付けたまま、動きを失った。

そして、時が止まる。

時の流れという、人間にはどうしようもないものが、強引に捻じ曲げられる。時という概念そのものが、ナナイロ・ウツツオボエの手のひらの上にあるかのようだ。ミラーのそらの「内側」は、懐に無防備な空洞を空け、防御する術を失わされていた。うずくまっていたたくや君が立ち上がる。何かを振り払うように、何度も頭を振っている。

「たくや君、大丈夫？」

一瞬、私は覚悟した。「内側」が擦り切れてしまった表出者に特有の、虚空を見つめる灰色の瞳を。未来も過去も現在も失った、虚脱した表情を。過去、研究所での表出力延命研修で見せられたその映像は、今も私の脳裏に焼き付いている。

たくや君が顔を上げる。恐れていた兆候は見当たらない。だけど、さっきまでと様子が違う。その違いは……。

「ひさしぶりですね。日野原さん」

五年間、恋い焦がれ続け、待ち望み続けた声だった。

「社長……」

ずっと、口にすることをためらっていた言葉。声に出したら、かろうじてまっすぐに立っていた心が、容易く折れてしまうことがわかっている言葉。

「元に、戻ったんですね？」

「凍裂の衝撃が、私をうまく、表に引き戻してくれたようです」

社長は、たくや君が表に出ている間も消えることなく、意識の奥底に留まり続けていたようだ。

「それにしても、相変わらず、無茶をしますね、日野原さん」

困っているような、面白がっているような、判断に困る声音だった。

「でも……」

私は無意識に、甘えた声を発していたかもしれない。絶対的に信頼する存在。そして絶対的に信用できない相手を前にして。

「日野原さん。手伝ってもらえますか？　そらが消えてしまう前に、六人の女の子の心の中にきちんと戻してあげなければなりません。一緒に行きましょう」

「はい！」

社長に求められること。それこそが私の喜びだった若い頃を思う。そして、彼が今、求めていることが、私と同じであることに、心が打ち震える。

「だけど、社長も私も、もう……」

ミラーのそらとの攻防は、二人の心の「内側」から、表出者としての力を奪い去った。女の子たちの「内側」に入るための表出波など、出せるはずもなかった。

「大丈夫。きっと、ナナイロ・ウツツオボエが手伝ってくれますよ」

待つまでもなく、ナナイロ・ウツツオボエの表出波が、二人を包み込んだ。薬湯に癒される感覚で、崩れた「内側」までもが浸され、力が注ぎ込まれる。

「これはもしかして、憑依表出？」

原理的には、「憑依表出」と同じだった。だけどそれは、無理やり表出を強いるものではない。ナナイロ・ウツツオボエが表出したもの……。それは、損なわれた「内側」だったのだ。私と社長の失われた融合受容突起が、一時的によみがえる。たくや君と手をつないだそらのように、力を注がれる間は、表出波を発することができる。

天蓋表出をする際の「接合」にも似て、受容突起同士がしっかりと結び付けられた。まるで春風にふわりと乗るように、ナナイロ・ウツツオボエの表出波が、私と社長の表出波を持ち上げ、並列表出の絶望と怨嗟の渦巻く「闇」へと導く。固定された闇は、屋根を吹き飛ばされたお化け屋敷のように恐怖の仕掛けを暴かれ、もはや恐れの対象ではなくなっていた。

闇の中を「歩く」うち、かすかな声が、心に届いた。

それは泣き声だ。か細くすすり泣くそらの声。暗闇の中で、その声だけを頼りに、社長と一歩ずつ足を進めた。もう迷わなかった。確信を込めて、私は暗闇の中で仮初めの表出波を伸ばす。

そして私は、そらを見つけた。誰もいない場所で、恐怖に打ちひしがれ、しゃがみ込んで泣いていたのだ。

「そら」

社長と二人の表出波で、そらを包み込んだ。抱きかかえるように。

「……パパ、ママ！」

そらが歓喜の声を上げた。心の奥の願望のまま、私たちを両親だと思い込んでいる。

「そうよ、そら、あなたのパパとママよ。もう大丈夫。あなたを、こんな寂しい所に一人ぼっちにはしないから」

そらは、ようやく心を落ち着けたようだ。

「ねえ、あれは、誰なの？」

まだ嗚咽の余韻でしゃくりあげながら、そらが尋ねる。

「光の向こうから声がしたの。私を遠くから呼んでくれたよ。もう大丈夫だって」

孤高の存在であるナナイロ・ウツツオボエを惹《ひ》きつけるだけの何かが、そらにあったのかもしれない。

「そうよ、もう大丈夫よ。だから、安心しなさい、そら」

あやしながら「背中」をさすってあげる。

「ねえ、ママ。あの子たちを叱《しか》らないであげてね。寂しくって、ちょっとだけ、いじわるになっちゃっただけなんだから」

存在を消されそうになってもなお、そらは、女の子たちを守ろうとしていた。

「そらちゃん、あの子たちに、他の子どもたちみたいに、幸せに暮らしてほしいかい？」

社長が語りかける。彼が子どもと話す場面など、遭遇したこともなかった。思いがけない、優しい語り口だ。

「もちろん！　だってあの子たちは、あたしと同じなんだから」

「それじゃあ、そらちゃんがあの子たちの中に戻って、支えてあげなきゃいけないんだ。

できるかい？」

我が子に言い聞かせるようだ。そらはしばらく沈黙する。だがそれは、ためらいではない。

「だけど、あたしが戻っても、あの子たちは、寂しい一人ぼっちのままなんでしょう？」

両親に捨てられたこと。それは六人の女の子の中に……すなわち、彼女たちの純粋さの結晶であるそらの中に、決して消えない傷になって残っている。

「それじゃあ、約束しよう。あの子たちが幸せに暮らせるように、私が……パパが、精いっぱい努力するって」

さすがに、自らを「パパ」と呼ぶのには、社長も照れがあるらしい。

「ホントに？」

「ああ、ホントだよ」

そらは、社長との約束の重さを量るように、しばらく沈黙していた。

「……わかった、あたしも約束するよ。あの子たちを、あたしが守るって」

幼いそらは、しっかりとした声で、心を決めた。

表出波で私たちを包み込んだまま見守っていたナナイロ・ウツツオボエを、社長が振り返った。

その瞬間、並列表出の暗闇の中に、ナナイロ・ウツツオボエが放つ温かな光が降り注いだ。光の中で、私たちの意識は溶け合い、そして一つになる。

さまざまな記憶が、走馬灯のように浮かんでは消えてゆく。

幼い頃の私の、家族三人で乗ったメリーゴーランドの記憶。そらを生み出した六人の女の子たちが、両親に捨てられるまでに味わったわずかな時間の、親子の触れ合いの記憶。そして、六歳で母親を失った社長の、母の胸に抱かれた記憶。

社長と私、そしてそらは、「交わり」にも似た高揚の只中にあった。自分の存在そのものが肯定され、受け入れられ、無条件で愛される。人の幸せというものを限りなく純化した、混じりっ気のない「幸福」が、光の粒子となって降り注ぐ。

それはナナイロ・ウツツオボエが、絶望の暗闇に閉ざされた女の子たちの心を慰めるために見せた、束の間の夢の世界なのかもしれない。何ものによっても癒されなかった並列表出の暗黒の心に、光が満ちる。

「あたし、頑張る。あの子たちに、またきっと、こんなあったかで、幸せな場所に戻ってもらうために」

そらが、光の中で天真爛漫《てんしんらんまん》に笑った。未来を祝福するように、光は温かさを増し、そらは少しずつ輪郭を失っていった。

「パパ、ママ、ありがとう……」

そらの感触が薄れてゆく。そらは、六人の女の子の無邪気さ、純真さそのものになって、闇の上に降り注いだ。

◇

特急列車は、田園風景と、わずかばかりの店が駅周辺に集まった繁華街の姿を交互に窓の外に移し替えながら、軽快に進み続けた。

目の前の座席のシートポケットには、前の乗客が読み捨てていった新聞が挟まれている。

――次世代遊園地、施設撤去へ――

紙面の埋め草のような記事だった。「立て籠もり犯が集団自爆した」場所は、もはや子どもに夢を与える場所としてはふさわしくないということだろう。

あれから一ヶ月しか経っていないのに、移ろいやすい私たちの心は、事件を過去のものへと追いやっていた。報道規制と見えない圧力によって、記憶は強制的に風化させられていったのだ。

遊園地は閉鎖され、解体される。起こった事すべてをすぐにでも消し去ろうとするように。だが、表出者にとっての「終わり」は、まだ訪れてはいない。

国民にひた隠しにされた、若年表出者の青田刈り。禁じられていたはずの並列表出と国防利用構想。表出者の進むべき未来にはいまだ暗雲が立ち込め、先は見通せない。

「これで、すべてが一件落着なはずはないですよね……」

封鎖され続ける遊園地で、若宮さんはためらいがちに、私に話しかけてきた。

廃工場で表出の影響から脱することができた子どもたちは、警察の特殊護送車両によって再び遊園地に送り返され、「犯人の自爆」の直前に解放された。非常時の対応マニュアル通りに一件落着させられたのだ。実行犯が全員死亡という強引すぎる幕引きも、生き残ったことにしてしまえば、居もしない「犯人」を裁判にかけなければならなくなるからだろう。

「一つの問題の解決は、また新たな問題の火種になる。それは、私たちが幾度となく繰り返してきた歴史だもの」

図書館での事件が、「上級表出体との同化による飛躍的な表出力向上」という考え方を生み出した。それが研究所での表出実体の実験につながり、その頓挫が禁断の並列表出へとつながった。人とは違う力を持っているが故に、自らはコントロールできない、より大きな「力」に翻弄されざるを得ない。

「それに、起こったことが良かったかどうかは、私たちが判断することではないかもしれないわね」

これもまた、一つの歴史。良かったかどうかは、後世の人々が判断し、真実や正義ですら、時と共にたやすくうつろう。

「若宮さん、今回は、いろいろとありがとう」

改めて頭を下げると、彼女ははにかんだように俯いた。

「やっぱり、柚月さんに若宮さんって呼ばれるのは、なんだか変な気分。昔みたいに呼んでもらえませんか？」

彼女がまだ八歳だった頃の、毎日動物園を訪れていた幼い姿がよみがえる。

「ううん、ダメよ。あなたももう、一人前なんだから」

かつては「ゆみちゃん」と呼んでいた彼女も成人し、次の世代の表出者を率いる立場になろうとしている。

社長代行も、遊園地に駆け付けた。

「どうして、消えたはずのナナイロ・ウツツオボエが、この場に現れたんでしょうか？」

それだけは、疑問として残ったままだった。

「孤高の存在の行動を、私なんかが推測するのはおこがましいことだけれど……」

玲子さんは、引き連れてきた社員に、並列表出の証拠保全を矢継ぎ早に指示し、遊園地の偽装された空を見上げた。

「もしかしたら、戦時中に表出実体を生み出したのは、小さな女の子だったのかもしれないわね」

「そうか……。ナナイロ・ウツツオボエの中に、生み出した女の子の意識が残っていて、そらっていう特殊な存在に感応したってことですね」

だとしたら、先代社長が頑《かたく》なに口を閉ざしていた理由もわかる。いくら戦時中とはいえ、幼い女の子を、実験のために犠牲にしたのだ。関わった研究者や軍人たちも、本土防衛という強迫観念的な悪夢から覚めてしまえば、記憶から消し去りたい過去だったはずだ。

「並列表出の女の子たちは、これから、どうなるんでしょうか？」

親から物のように売られ、遊園地に連れてこられた子たちだ。計画が頓挫しようが、元の生活に戻れるとは思えなかった。

「この件は、私がとことん追及するわ。省庁の一つぐらい潰す覚悟でね。日野原さんが、命がけでここまでやってくれたんだもの」

彼女はすでに頭を切り替え、この騒動を、これからの表出者の地位向上や社の権益拡大の契機と捉《とら》えて、臨戦態勢を整えるようだった。

次の停車駅を告げるアナウンスが、私を我に返らせる。

かつて聞き慣れていたはずの地名を知らせるものではあったが、まったく別の場所として響いた。

二十一年ぶりの故郷は、懐かしくもなく、単なる地方都市の風景として、私の眼に映った。記憶と追憶の狭間《はざま》を頼りなく辿り、私は実家のあった場所に辿り着いた。

記憶の中の実家は存在しなかった。そして両隣の家々も。三軒分の敷地に、巨大な家が建っていたのだ。両親から届く手紙は、すべて読みもせずに捨ててしまっていたので、二人がどんな人生を経てきたのかはわからない。

ハヤカワ・トータルプランニング社が解散する際に支払われた莫大《ばくだい》な額の慰労金を、私は残らず両親に送り付けていた。その帰結が、この家というわけだろう。

「どなたですか？」

インターホン越しの怪訝《けげん》そうな声は、私の知らない若い女性のものだった。お手伝いさんを雇っているようだ。

「柚月と、お伝えいただけますか？」

二十一年分の歳月を重ねた両親は、戸惑いと不安とを隠しようもなく浮かべたぎこちない笑顔で、私を迎えた。

「お前がいつ帰って来てもいいように、こうして待っていたんだよ」

豪華な間取りの家を誇るように、かつて父と呼んでいた人は、私に慈悲深いまなざしを向ける。

「出て行ったっきり、手紙も寄越さないもんだから、ずいぶん心配したんだよ」

かつて母と呼んでいた人は、悲劇のヒロインででもあるかのように、涙を拭う仕草を見せる。自分の最初の手紙が、私にお金を無心する内容だったことは、すっかり記憶の外にあるようだ。

私が家を出て行かざるを得ないように仕向けたのが、他ならぬ自分たちであることを、彼らは自覚しているのだろうか？

だがそれも、風化してしまった過去の話だ。

人は心の均衡を保つために、自らの行動を正当化し、記憶の上書きさえしてしまうものだ。過去をあげつらって、今さら両親をののしるつもりもなかった。

「それで、どうして久しぶりに、ここに戻ってくる気になったんだい？」

警戒するように、父親が尋ねる。いつ牙《きば》を剝くかわからない、飼いならされた野生動物でも前にしているように。ずっと私を苦しめ続けた、理解不能な存在を見るまなざし。それは、親が娘に対して向けるものではなかった。

「どうしてだと、思いますか？」

私は敢えて平板な声で尋ね、ゆっくりと、両親に視線を合わせた。二人は蛇に睨まれた蛙《かえる》のように身体を硬直させる。

束の間、心の海が波立つ。奥底から湧き上がる怒りのマグマが海を沸き立たせ、次の瞬間、心の極北から流れ着いた悲しみの分厚い流氷が、波を鎮めた。

「大丈夫です。私はもう、あの力は失いました」

両親は、ぎこちなく顔を見合わせた。

「……それじゃあ、あんたも、ようやくまともになったんだね」

心から安堵したような母親の言葉に、私は静かな笑いを浮かべた。和解はできない。時の流れは、和解とは違う形での解決を、私に与えてくれた。

「今度は、海外旅行にでも一緒に行かないか？」

玄関で見送る父親は、私を安心してお金を引き出せるようになった打ち出の小槌《こづち》と認識したようだ。私は微笑みを貼り付けたまま、それには応えない。

「さようなら、どうかお元気で」

もう会うこともない、かつて両親と呼んでいた人に、深くお辞儀をして歩き出す。

私は二度と、振り返らなかった。

行き着いた場所は、幼い私にとっての最果ての場所、海だった。ここから先は、どこにも行けない。波打ち際に立って、いつもそう考えていた。

力とどう向き合えばいいか悩んでいた幼い頃、私はいつも海を眺めていた。波は生き物ではない。だが、一つとして同じ姿はなく、気ままで、どんな形で現れるともしれない波は、人の心と同調しやすく、生物のように表出することが可能だった。それに波は、どれだけ人前で表出しても、それがつくりものだと見破られることはなかった。私はいつも、心の葛藤を抑えきれなくなると、海に来ては、繰り返し波の姿を表出し続けていた。

「社長……」

心の内の呟きのはずが、それは言葉になって漏れてしまう。

「どうしました、日野原さん」

振り返るとそこには、社長が立っていた。サングラスをしないその瞳には、穏やかな微笑みがたたえられている。

社長はこの一ヶ月、玲子さんと共に、並列表出計画を凍結し、表出者の国防利用を阻止すべく、国と折衝を続けてきた。遊園地に隠された計画を表沙汰にしないという交換条件で。話し合いを有利に運ぶためには、玲子さんだけでは力が足らず、社長が姿を見せる必要があったからだ。もちろん、かつてと同じ、強大な力を保持していると装ったままに。

並列表出の研究組織がなし崩しに解散させられた後、高畑さんは意外にも、玲子さんをサポートする立場に就いているという。彼らしい変わり身の早さとも言えるし、並列表出がいかに危険かを身を以《もっ》て経験したからこその、当然の反応でもあるだろう。またどこかで、彼には会うことになるだろう。そんな気がしていた。

国との折衝は終わったが、玲子さんは表出者の見えない未来に光を灯《とも》すべく、今まで以上に奔走している。

「取り敢えず、私の仕事も一段落しました」

社長は肩をすくめた。肩の荷を下ろすようでもあり、新たな荷を背負い込むようでもあった。並列表出の野望は阻止したものの、まだまだ、表出者にとっての明るい未来は見通せない。

「並列表出をさせられていた六人の女の子たちは、どうなるんでしょうか？」

女の子たちは、玲子さんの手引きによって、研究所預かりとなっている。親に捨てられたあの子たちが、計画が白紙に戻ったからといって、今さら親元に戻ってうまくやっていけるはずもない。

「まずは、あの子たちがきちんと生きていける筋道をしっかりと作る必要があるようですね。それはきっと、表出者の未来を整えることにもつながってくるはずです」

たくや君の無謀すぎる凍裂の連続で、社長の「内側」は修復不可能になっていた。もう力を使うことはできない。けれど社長の言葉は、彼がこの先も、表出者の未来に関わってゆく意思があることを示していた。

「そらとの、約束ですからね」

社長は足元の石を拾い、海に向けて放った。

「社長は、これから、どうするつもりなんですか?」

石はあっけなく波に呑まれる。かつては、身の丈をはるかに超す大波を出現させることもできた社長の「現実の力」は、あまりにもちっぽけだ。

それでも社長は、満足げに腰に手をやった。常にまとっていた倦怠《けんたい》の影は、すっかり消え去っていた。

「今の私にとっては、何の力もない状態で、この日常を生きるということの方が、面白く思えて来たんですよ」

あり余る力を使って、生物のみならず、さまざまな機械や現象ですら表出し、どんな場所にでも溶け込み、要人と呼ばれる人々と対等に渡り合う。一般人が様々な技術を習得し、人間関係を作り上げていくことで一歩ずつ上がるはずのステージを、社長は苦も無く上り詰めていった。

だけどそこは、果たして彼にとって自由な場所だったのだろうか? 何ものにも妨げられない場所では、自由という概念は、その礎《いしずえ》を失う。社長もまた、檻がないからこその不自由さを、ずっと感じていたのかもしれない。そして今、力を失った一人の人間として、一歩を踏み出そうとしている。

玲子さんが孤軍奮闘している場に、社長はいつか再び舞い戻る。彼女は今も社長代行を名乗ったままなのだから。強大な力を失った今、社長の前にはどんな風景が見えているのだろう。

「大丈夫でしょう。ナナイロ・ウツツオボエも、見守ってくれていますから」

私の不安を察したように、社長はいたずらっぽく笑った。

「面白くなりそうですね」

それは、かつての社長の口癖だった。力を失ったちっぽけな自分が、表出者たちのためにどこまでやれるのか？　それが彼にとっての、これからの人生を面白くするための「玩具」だとでも言うように。

「とはいえ、私は、この社会で生きていく術については、小さな男の子も同然です。たくや君として、生き直す必要もあるようですね。これから、どう生きればいいのか……」

一般人になってしまえば、社長は社会常識というものの欠如した、不安定な、子どものような大人に過ぎない。

社長は、自らの心の内を覗くような表情で、一人合点でもするように頷いている。

「どうしたんですか?」

「たくや君が言っています。ボクが教えてあげるよって」

苦笑交じりに言って、社長は肩をすくめた。社長の幼い分身であるたくや君は、消えることなく社長の中に残り、危なっかしい私たちの保護者にでもなったようだ。

「日野原さんがたくや君と呼ぶ、幼少時代の私が、なぜ、あそこまで、そらという女の子に執着したのか、わかりますか」

「わかりません。なぜですか?」

いくらたくや君が自分の分身のような存在だとはいえ、心の奥の秘めた思いまでは、把握できていなかったようだ。

「たくや君の中で眠っていた私は、たくや君が、そらの『内側』に触れて、初めて理由がわかりました」

社長が、感情を揺らした。かつての社長の、何事にも動じない……、いや、揺らすだけの人間らしい感情を、自らに引き寄せることのなかった、あの社長が。

「社長、どうして……」

社長らしくない感情の発露に、私は戸惑った。何かが、社長の不動の岩盤のようだった感情を揺るがしている。

「社長……、もしかして？」

社長は答えようとしない。でもそれは、無視でも黙殺でもない。

――社長は、狼狽《ろうばい》している？

そんなはずはない。社長と、その感情を結びつけることはできない。だけど、一般的な人間の所作に照らし合わせれば、確かに狼狽だった。

「……そらが……、出逢った時の、日野原さんのイメージに重なるからではないでしょうか」

私と社長の出逢い。表出の意味すら知らない私は、一人の小さな女の子のイメージを表出し、社長の前で姿を見せたのだった。

「私の記憶の中に、日野原さんとの出逢いの記憶が忘れようもなく刻まれていた。だからこそ、たくや君は、あの子を強く求めた。……絶対に失いたくないと」

もしかすると社長は、たくや君の心情になぞらえて、今の自分の想《おも》いを語ってくれているのかもしれない。

「さて、日野原さん、たくや君。私はいったい、どこに向かえばいいんでしょうか？」

社長は不安そうに、けれど、まだ見ぬ先に限りない好奇心を向けるように、周囲を見渡した。

「どこに行きましょうか？」

私は、幼いたくや君にそうしたように、社長に微笑みかける。社長も微笑んだ。その中に、少年のたくや君の表情が、少しだけのぞいていた。

◇

「ホントに、ここで降ろしていいのかい？」

タクシー運転手は、ドアは開けたものの、私たちを降ろすのには躊躇していた。

「ええ、いいんです。お釣りはいいですから」

私はお札を渡すと、まだ何か言いたそうな運転手を無視して、二人で車を降りた。

舗装道路は、蔓《つる》植物の容赦ない侵略を受け、その先が行き止まりでしかないことを告げる。

「この先に、何があるんですか？」

社長は、道路の亀裂から顔を出す雑草を面白そうに避けながら、目指す場所を尋ねる。

「私の、ずっと行きたかった場所です」

幼い頃の、両親との数少ない思い出の地、遊園地だ。閉鎖されて十年以上が経ち、廃墟と化した夢の国を、二人で歩く。

メリーゴーランドの姿に、思わず立ちすくむ。私が両親の前で初めて「表出」を見せた場所。自分という存在が異端であることを、両親の恐怖の眼差しによって自覚させられた場所だった。

「日野原さん……、いえ、柚月さん。行きましょう」

社長が、ぎこちなく私に手を差し出した。まるで高校生の初めてのデートのように。

「はい、社長」

「私はもう、社長ではありません。ですから、名前で呼んでください」

「……はい、卓也《たくや》さん」

私は、その手をしっかりと握った。

それは束縛か、はたまた守護か？　ちっぽけな人間にとって、束縛されることはむしろ、身の丈にあった自由を与えてくれる安らぎですらある。

決して届かない場所にあったはずの社長の手が、自分と同じ等身大の人間として、私の手のひらの中にある。私は、いまだに束縛の意味すらわからず、ただ立ち尽くす。それでも今は、このつながりを確かなものと信じて、歩きだすしかない。

降り積もった落ち葉を払い、二人で、メリーゴーランドのかぼちゃの馬車に座った。金属が軋《きし》む音が、白馬の嘶《いなな》きにも聞こえてくる。

たくや君は、次世代遊園地のメリーゴーランドで、そらの姿を追い求め続けた。社長も、私を追いかけて、回り続けてくれるだろうか。そんな夢想に苦笑する私を、社長は優しく見つめている。

「しばらく、こうしていてもいいですか?」

社長は答えず、ただ、握った手に力をこめた。

私の心の中でゆっくりと、メリーゴーランドが回りはじめる。物悲しいメロディが聞こえてきた。ささやかだけれど、温かな光が灯る。

どこにも行かない、どこにも行けない、旅の始まりだった。

# 屋上の波音

「日野原《ひのはら》さん、これ、五十部コピーしておいて」

課長が、私へはいっさい視線を向けずに、書類だけを突き出した。

「かしこまりました」

事務的という言葉をもっとも忠実に表現した声と態度で、私は書類を受け取った。コピー機の前に立ち、原稿をセットする。私が後ろを向いた途端、課長の舐めるように盗み見る視線がタイトスカートにまとわりついてくる。男性というものは、自らが向ける性的な視線に、女性が気付いていないとでも思っているのだろうか？

五十部の文書が、コピー機から次々と吐き出されてくる。全部がコピーだ。そこに記される文字は、五十枚すべてで、一字一句違わないはずだ。

だけど、私は考えてしまう。

このうちの一枚だけ、それもたったの一文字だけ、まったく違う文字に入れ替わっている可能性はないのだろうか、と。すべてのコピーが、文字の一つすら変わることなく揃っていることの方が、ありえないことのように思えてくる。

コピーされたはずなのに、変わってしまった文字。

きっと私は、その一文字なのだろう。そのままじっとしていれば、誰にも気付かれない。誰の目にも留まらない。

窓の外の電線に止まるカラスが、全身の黒さを隠れ蓑とするように、じっとこちらを見つめていた。その姿は、紛れ込んだ「違う文字」の私を監視し、暴き立てようとしているようにも思えた。

◇

一日の勤務を終え、繁華街を歩いて帰路につく。駅へ向かう道の半ばに、ペットショップがある。そこに立ち寄るのは、仕事を終えた後の日課になっていた。とはいえ、一人暮らしが寂しくて、ペットを飼いたくなったというわけではない。

仔犬たちは、人々が檻の隙間から伸ばす手に疲れ、うんざりしたかのように、小さな前足を枕にして、鼻息を漏らしながらまどろんでいる。

檻に囲まれて逃げ出せないその姿は、ある意味かわいそうではある。だけど愛玩犬たちは、ある日突然檻から外界へ放り出されたなら、自分で餌を得て、自由に楽しく生きていけるのだろうか。

彼らは人に飼われることによって、限られた、そして身の丈に合った「自由」を手に入れることができる。何ものにも束縛されないという本当の意味での自由を与えられたとしても、恐怖そのものでしかないだろう。ペットという呼び名の、柔らかな「檻」の中の方が幸せなのだ。

そんな姿を見るたびに私は、檻の中に囲われて生きる「自由」な姿を、自らに置き換えてしまう。だからこそ私は、毎日のようにここを訪れてしまうのだ。

「ほらカズキ、見てごらん。ワンワンさんだよー」

ベビーカーに乗せられた二歳くらいの男の子が、檻の中に興味津々の様子だ。幼い瞳には、ペットショップの愛玩犬たちも、サバンナの猛獣のように映っているのだろうか。

一つの檻の前で、男の子は一際大きく眼を見開いた。

「カズキ。そこにはワンちゃんはいないのよ」

若いママが笑いながら言っているが、男の子はますます興奮して、ベビーカーから飛び出さんばかりに身体を乗り出し、檻へと手を伸ばしている。まるでそこにいる動物がじゃれついてきているかのように。

もしかするとあの子には、檻の中に、動物の姿が見えているのかもしれない。かつての私と同じように……。

幼い頃の私は、夢見がちな子として、両親や周囲の大人《おとな》たちから扱われていたことだろう。私は何時間だって、誰にも見えない犬や猫と遊んでいたのだから。

私は画用紙にクレヨンで絵を描くように、心の中の「画用紙」に、動物たちの姿を「描いて」いた。そうして強く念じると、思い描いたそのままの姿の動物たちが、眼の前に出現するのだ。私以外、誰にも見えない。だけどその動物たちは私にとって、生き生きと動く、「実物」そのものだった。

自分だけに見える存在に、幼い心が疑いを抱くことはなかった。動物たちは友人たちと同列にあるもので、何ら特別な存在ではなかったのだ。彼らは私の気が向いた時に姿を顕《あらわ》し、ひととき私の遊び相手になって、消えていった。

だけど私は、自分が特別だとは思ってもいなかった。かけっこで足が速い子がいる。絵がうまい子がいる。水泳で速く泳げる子がいる。人よりうまいからといって気味悪がられることはない。人はそれぞれ、人とは違う個性を持っている。

私の前だけに姿が見える動物も、そんな人それぞれの「違い」に過ぎないのだ。

そう思っていた……。


隅の方の檻に、お世辞にも可愛いとは言えない一匹の仔犬がいた。昨日《きのう》まではいなかったその犬は、犬種も値段も書かれておらず、店員にすら忘れられているようだった。

誰にも相手にされず、媚びるでもなく卑屈になるでもなく、ただ虚無的な瞳で、私をじっと見つめていた。

——いけない……

私はいつの間にか、犬の姿に自分自身を投影していた。

眼の前の仔犬と自分を対等の立場に置いてしまった。私の中に芽生えた「仔犬」のイメージに命の息吹《いぶき》が与えられ、「表に」出そうになる。こんな人のいる店の中で「出す」わけにはいかなかった。

どこかから、舌打ちが聞こえる。一瞬、檻の中の仔犬の姿がぼやけた。

——なに、これ……？

それ以上、そこにいてはいけない気がして、私はすぐに、檻の前を離れた。

◇

電車に乗って帰路につく。都内でも有数の混雑路線なので、私は人の隙間に身体をはめ込むようにして、車内に身を置いた。

走り出してしばらくして、お尻のあたりに違和感を覚えた。無理やり腰の位置をずらしてみるが、その感覚は、追いかけるようにまとわりついて離れない。

——またか……

通勤快速運行で、駅間距離が長いこともあって、この路線には、そうした性癖の男性が乗っていることが多かった。

電車通勤を始めた当初のような羞恥や怒りは、もはや感じもしない。ただただ、鬱陶しいだけだ。かといって、腕をつかんで「痴漢です！」と騒ぎ立てて、警察に引き渡すといった大捕り物を、一日の仕事を終えて疲れた今、する気力もない。

背後に立つ男を、ガラスの反射で確認する。骨ばった身体つきの中年サラリーマンだ。脂ぎった頭皮に、絶望的に薄くなった頭髪がへばりつき、ぬめぬめとした軟体動物を思わせる。

——さて……

静かに反撃を開始する。普通なら、相手の指をつねったり、隠し持った安全ピンを刺したりするところだろう。

だけど、私のやり方はちょっと違う。

私は窮屈な車内で顔だけ振り向いて、男に恥じらいを含んだ微笑《ほほえ》みを浮かべた。誘っているように思ったのだろうか。男は下卑た笑みを浮かべて、尻を撫でる手に力を込めた。

誘いの微笑みを向けたのは、彼を私に密着させるためだ。私はおぞましさと闘いながら、ある動物の姿を、心の中で強くイメージした。

これを「表に出す」と、私の姿が消えてしまう。こんな満員電車の中で、人間消失事件で大騒動を起こすわけにはいかない。私の中のイメージを、彼「だけ」に送り込むには、精いっぱい密着してもらわなければならなかった。

やがてイメージは固まった。私はすぐに、その「姿」を男に送り込む。男の心に、冷たい鱗に全身が覆われたような悪寒が生じているはずだった。私自身はもう慣れっこだが、人々に忌み嫌われるおぞましい存在に自分が「変身」してしまったという錯覚は、受け入れがたい精神的嫌悪感となって、心を襲う。

引っ込めようとした男の手をしっかりと握り、動きを封じた。とどめとばかりに、鋭い牙から毒がしたたり落ちるイメージと、その牙が自分自身の腕に嚙みついたイメージとを、男の心に叩きつける。

叫び声を上げて、男は「嚙まれた」腕を抱えて、満員電車の床の上を転げまわった。

「蛇が！　毒蛇が！」

蛇の毒が身体を麻痺させるイメージが彼の中で増幅する。痙攣《けいれん》して、両足をひきつらせている。

イメージの「影響」を離れ、男はようやく正気に返ったのだろう。自分が「自分」であることを確認するように全身を触って確かめ、初めて、人々の冷ややかな目に気付いたようだ。

衆人環視の中で幻覚に襲われ、大恥をかいた男は、駅に着くや否や一目散に逃げ去った。これに懲りて、彼が二度とそうした行為に及ばないことを願いながら、私もホームに降り立つ。

ホームではハトの群れが、餌があるわけでもないのに、地面を無心についばんでいた。電車を降りた客に踏みつぶされまいと一斉に舞い上がったが、一羽だけが、飛び去ることもなく、首をすくめるようにして私を見上げていた。

私鉄の駅から歩いて十五分。1DKの、小さなアパートに帰り着く。一日見ていないだけなのに、ポストの中は、色鮮やかなチラシで埋め尽くされていた。その場で仕分ける気力も起きず、束にして抱えたまま、二階の部屋まで階段を上る。

玄関というのもはばかられる、靴を脱ぐためだけのスペースに佇み、部屋を見渡す。小さなキッチン、冷蔵庫、収納棚、テレビ、テーブルと椅子……。住み続けた、自分だけの空間だ。それなのに、まるで他の女性の部屋に上がり込んだように、自分の居場所とは思えないよそよそしさがある。

手にしたチラシの束を、まとめてゴミ箱に捨てようとして、一通の封書に気付いた。忘れたいのに、ひと目でわかってしまう。私と同じ右肩上がりの癖を持った文字が、血のつながった人間からの手紙であることを告げていた。

読む気はなかった。

両親からの遠回しのお金の無心の手紙を開く気はなかったし、こちらの近況を知らせる気もなかった。私は手紙を引出しの奥深くにしまった。

◇

休日の図書館は、本を求める人々で賑わっていた。人がいればいるほど静寂が際立ち、入館した者に自ずと襟を正させる。図書館という場所は、特殊な空間だった。

借りたい作家の本は貸し出し中になっていて、手持ち無沙汰なまま帰ろうとしたとき、「関係者以外立入禁止」の掲示がされた金属の扉に気付いた。その奥には、「閉架書庫」があるに違いない。

大学生の頃、少しは就職のプラスになるかと、図書館司書資格取得のための講座を履修していたことがあった。その際の図書館実習で、私は初めて閉架書庫に足を踏み入れたのだ。閉架とは、一般の利用者が本に直接触れることができる「開架」に対する言葉で、古くなって利用頻度の少ない本や、貴重書、古文書等が置かれたバックヤードのことだ。

入った途端、全身の肌が粟立った。肉食の猛獣や、毒蛇がうようよいるジャングルに素足で踏み込んでしまったような、無防備なまま危険にさらされる恐怖を感じたのだ。

実習中にもかかわらず、私は書庫を飛び出していた。

どうしても恐怖を取り除くことができず、私は実習半ばで、司書資格を取ることを断念した。友人たちには古い本によるアレルギー症状の発症ということで誤魔化したが、私にはわかっていた。閉架書庫には、私の力に関わる何かが潜んでいるのだと。

それ以来、閉架書庫に近づくことはなかった。もちろん、司書でもない一利用者にすぎない私が書庫に入ることはできなかったし、その必要も生じなかったのだが。

地下鉄に乗って、アパートに戻る。地下鉄とは名ばかりの、地下と高架とが目まぐるしく移り変わる路線で、窓際に立つ私は、光と闇に交互に曝された。

何度目かの光の中で、電車の中まで伝わってくる歓声に、私は顔を上げた。遊園地のジェットコースターだ。日常を離れた場所で、子どもたちが我を忘れて弾んだ声を上げている。

私の「力」が、両親に露見したのは、遊園地でのことだった。

その日、私は両親に連れられて、町はずれの丘の上にある小さな遊園地に来ていた。

「あたし、メリーゴーランドに乗りたい！」

私は白馬にまたがり、両親はすぐ後ろのカボチャの馬車に乗って私を見守る。幸せだった。今思えばそんな高揚が、コントロールしがたい幼い「力」を変化させることにつながったのだろう。

ゆっくりと、メリーゴーランドが動き出した。白馬の首にしがみつく。興奮した私は、自分が白馬になった気分で、空想上の「カンバス」に、草原を自由に駆けまわる馬を「描き出して」いた。自分だけに見える、メリーゴーランドと共に駆け回る白馬を出現させたかったのだ。

だが同時に、白馬の機械的な揺れが、馬を自由に操る騎手であるかのような錯覚に陥らせた。自分自身が白馬であり、同時にそれを操る騎手でもある。その矛盾の中で、心の内側に、イメージの白馬を「取り込む」感覚があった。まるで白馬と自分が、お腹の中の見えない器官でしっかりと結び付けられたように……。

その瞬間、私は姿を消し、メリーゴーランドの回転に合わせて駆け回る、一体の動物が出現していた。私の心の中のイメージそのままの、勇ましくたてがみを揺らして走る白馬だった。

姿を失ったことも知らずに歓声を上げていた私は、恐怖に引き攣った両親の表情を眼《ま》の当たりにして、一瞬で我に返った。心の奥で何かが「損なわれる」ような疼きが生じて、馬の姿は消え去り、私は姿を取り戻した。

「もしかして、あなたが……」

忘れることができない。私を突き放すような母親の凍りついた声。恐ろしい怪物を前にしたような父親の怯えた表情。私は両親にとって、ただの想像力のたくましい子ではなくなった。得体の知れない「存在」となったのだ。

今まで自分だけにしか見えていなかった動物が、誰にでも見えるようになり、それが「表に出ている」間は、自分の姿が消えてしまう……。子どもなりに、自分の「力」が大きく変化したことを悟った。

遊園地での「力」の発覚以降、私は極端に臆病になった。

興奮して我を忘れたら、自分の姿が消え去り、まったく別の動物が姿を顕すかもしれないのだ。両親の恐怖の眼差《まなざ》しが、そっくりそのまま、学校の友人や先生の表情の上に移し替えられる。

それだけではない。自分が動物そのものになって、人間の姿に戻れなくなるのではないか……。それは、幼い私の日常に常に横たわる恐怖となった。今まで普通に自分の遊び仲間だった動物たちを否定し、すべてを心に封じた。

子どもらしく笑うことも、遊ぶこともできなくなった。

だが今思えば、葛藤は、両親の方がずっと大きかったのだろう。

心にブレーキをかけたものの、寝ている間の心の動きまでを制御できるはずもなかった。夜中、私の家は、さながら野生動物が闊歩するサバンナのようだったろう。暗い廊下を、シマウマやライオンが駆け回っているのだから。

両親は、私に何も尋ねようとしなかった。理解することを拒絶したのだろう。それは、私の力に対してであり、同時に、私自身に対してだ。

私が住んでいたのは、海のそばの小さな町だった。先生や友人にすら語れない秘密を抱え、行き場を失った私が向かう先は、最果ての場所、海しかなかった。

鬱屈を抱えた私が、寄せては返す波の姿を真似るようになったのは、自然なことだった。動物の姿しか出現させることのできなかった私が、なぜ生物ですらない波の姿を出現させることができたのだろう。寄せては返す波は、一つとして同じ姿をしておらず、私がどんな波の姿を描き出そうが、人に見咎められることはなかった。

結果的にそれは、私にとっても両親にとっても、幸運な偶然だった。波を繰り返しイメージ化するうち、私は自分の「力」を、ある程度コントロールできるようになっていたのだから。

少しずつ、私は自分の力について、自分なりに「学習」していった。細部までしっかりとイメージを構築するほど、出現した動物は滑らかに動くこと。自分の姿が消えてしまうのはおそらく、自分が人間なのか動物なのかで、心が迷ってしまわないために起きる現象だろうということ。「調教」する意識と、自由にさせる意識とを、シーソーのようにバランスをとることによって、動物を操る技術が向上すること。動物を出現させた後、消しゴムをかけるようにきちんと「消去する」ことをイメージすれば、心に生じる「疼き」も小さくなること……。だが、上達すればするほど、私の異端者としての疎外感は、増すばかりだった。

そうして私は、少し大人しい内向的な少女として、中学生時代までを過ごした。卒業後は、両親の遠回しの希望を敏感に嗅ぎ取り、寮のある私立女子高に入学した。

家を出た時から私は、自分の学費と食い扶持《ぶち》は、すべて自分で稼ぎ出すつもりだった。校則の厳しい学校だったので、アルバイトはできない。となれば、十六歳の自分がお金を得る手段は一つしかなかった。「力」を使うことだ。

もちろん、自分の「力」を悪用すれば、いくらでもお金を稼ぐことができるとはわかっていた。物理的な攻撃はできないが、銀行でお金を下ろしたばかりの老女に猛犬をけしかければ、彼女は鞄を放り投げて逃げ出すだろう。

だが、そんな「力」の使い方は、心が許さなかった。

当時は未曾有の好景気で、地方都市の繁華街にもディスコやイベントスペースができ、景気のいい話が飛び交っていた。これ見よがしに札束を振りかざし、女子高生を食い物にしていた輩《やから》にだけ、私は容赦なく力を使い、お金を巻き上げた。

私が入った高校はいわゆる「お嬢様」が通う女子高だったが、私がいると不思議とイベントやパーティでトラブルに巻き込まれないという噂が立ち、いつの間にか私は下級生たちに信奉され、親衛隊まがいの取り巻きが増えていった。誰にも語れない秘密を抱えたまま、予想外に騒々しくも楽しい高校生活を送ることになった。

親からの仕送りは、私が振り込まれたお金に手を付けないのを確認してか、入学後数か月で途絶えた。両親とは、それ以来もう長い間、連絡を取っていない。

うつろに車窓を眺めるうち、私は無意識のうちに顔を上げていた。かつて私が関わっていた、ある組織が入居するビルだ。

ビルのベランダに、赤いハンカチが結ばれてはためいていた。

それは、私に向けたメッセージだった。

◇

わざと数駅先で電車を降り、公衆電話から電話をかける。相手は人を探し当てることのプロだ。用心に越したことはない。

「Yです。まだ何か、私にご用ですか？」

「Yか……。待っていたよ、連絡を」

男の癖のある声は、相手の心の内までを搦《から》め捕ろうとするようだ。

「もう、私は足を洗ったと言ったはずです」

Y……それは、大学生の頃、私が彼の「業界」で呼ばれていたコードネームだ。

去年まで、私は自分の力を彼の下で使っていた。顔も姿もいっさい見せることなく、どんな秘密にも肉薄する、伝説の情報屋として。

密会の場で、猫が塀の上から見ていたとしたら、ハトが地面をうろついていたとしたら、人は警戒して話すのを止めるだろうか？　私は自分が出現させた動物の「眼」と「耳」を使って、様々な情報を掠《かす》め取っては、彼の会社に売りさばいていた。

汚職事件の証拠、テロ事件の犯人、詐欺事件の主犯。私は力を私利私欲のために使う後ろめたさを少しでも薄めるために、絶対的な悪であると判断できる者が相手の時にしか、力を使わなかった。

そうして得た報酬のほとんどを、私は両親の口座に送りつけた。曲がりなりにも高校生になるまで育ててくれた恩義に、せめて金銭で報いるためであり、同時に、私を育てる上で必要だった「経費」をすべて返すことで、縁を断ち切る意味もあった。

大学を卒業し、小さな会社に就職すると同時に、私は業界から足を洗った。そして今は、ただの事務員として、都会の片隅でひっそりと暮らしている。今さら、あの世界に戻る気はなかった。

「わかっている。今日は仕事の依頼ではないんだ」

もちろん私は、彼の言葉をそのまま信じるつもりはなかった。彼が今も、私の情報収集能力を欲しがっていることは承知の上だ。

「前回、君に依頼した仕事の件だ。君が嗅ぎ当てた会社のことで、ちょっと気になることがあってね。それで、一言、忠告しておこうと思ったんでね」

ひと月ほど前、私はひさびさに、ベランダの赤いハンカチに気付き、彼に連絡した。柄にもなく切羽詰まった声の彼から、私は仕事を依頼……いや、懇願されたのだ。

依頼は、ある裏取引が行われている現場をつかみ、取引の相手先を突き止めて欲しいというものだった。彼の部下の腕利きを総動員して尾行しても、どうしても途中でまかれ、忽然と姿を消してしまうのだという。

「確か……SKエージェンシーって会社でしたよね？」

結局、「これが最後」と念押しして依頼を受けた私は、ターゲットの三人の男を「尾行」した。どんなに用心深い相手だろうが、空の上の小鳥までは警戒しない。男たちはあっけなく、取引相手の一人の女性と接触した。取引現場で女性の口に上った「SKエージェンシー」という会社名を確認して、私は任務を終えた。

「どんな会社なんでしょうか？」

「まだ創業したてで、実体はよくわからんね。会社としての登録は、人材派遣業となっているが」

「人材派遣？」

そんな会社の社員が、熟練の追跡者ですら煙《けむ》に巻くような尾行回避能力を持っているものだろうか。

「それで、気になることって？」

「調査報告書を提出する直前になって、依頼人と連絡が取れなくなってね」

結局、報告書は今も提出できずにいるという。

「きちんとお金は振り込まれたから問題はないんだが、少し気になってね。依頼人のことを調べてみたんだよ」

「ええ」

「何重にも偽装されていたが、どうやら調査を依頼したのは、ＳＫエージェンシーの関係者のようなんだ」

「……自分で自分の会社を探らせるって、何の意味があるんですか？」

「導き出された結論は一つ。依頼人は、依頼が完遂されることは問題としていなかった。我が社がターゲットに肉薄できず、伝説の情報屋Ｙに連絡を取ることを期待していた……」

「つまり、本当の目的は、私の正体だったってことですか？」

ため息をつかざるを得なかった。相手の思惑にまんまと乗ってしまったようなものだ。

「もっとも、この業界で、引退した顔の無い情報屋Yの正体を知りたがらない者はいないだろうがね」

彼の声は、私の苦境を面白がるようだ。情報を掠め取った私を、血眼になって探している相手は数多い。彼自身も、私の正体には興味があるだろう。

「でも、大丈夫です。取引の現場は押さえましたが、私は姿を見られてはいませんから」

それも当然だ。私は猫の姿になって、取引現場のすぐ横で聞き耳を立てていたのだから。

SKエージェンシーの社長らしき女性は、一瞬だけ、私の分身である猫に視線を落とし、微《かす》かに微笑んだ。猫の姿を通じて、私自身が見透かされるようで、思わず背筋がぞっとしたのを覚えている。

「まあ、せいぜい気を付けることだね」

「ご忠告、ありがとうございます」

そう言いながらも、私は気にしてはいなかった。彼も、私が捕まるとは思っていないだろう。

「痛い腹」を探られた挙句、報復すべく私の情報を嗅ぎまわる組織も過去にはあった。だからこそ、私は決して姿を見せない、顔の無い情報屋を貫いてきた。

私への包囲が狭まったこともないではない。だがその際には、彼らが追い詰めたと思った先で、私の姿は忽然と消え去り、とぼとぼと野良犬が歩いているだけ……。捕まるはずがなかった。

電話ボックスを出ると、ゴミ捨て場のポリバケツの上で、黒猫がうずくまっていた。私など眼中にないように、毛づくろいに余念がない。

◇

——海が見たいな……

故郷の町で暮らしていた頃、どうしようもない心のざわめきを鎮めるために、私は海に向かったものだ。

だけど首都の海は、故郷の海とはほど遠い。埋め立てが進み、かつての砂浜がコンクリートで閉じ込められてしまった護岸には、寄せては返す波の姿など、望むべくもなかった。

そんな時、私がいつも足を向ける場所があった。都心の片隅の五階建ての雑居ビルの屋上だ。すぐ横には首都高速の高架道路が走っている。ビルの手前で大きくカーブしているので、高速道路を走る車のライトが、光を投げかけて通過してゆく。

隣のビルの壁にライトが反射して、光が迫っては消える。それはまるで、寄せては返す波のようだった。近づいては遠ざかる車の排気音は、波音であるかのような錯覚を起こさせる。

都会の片隅の、私だけの「海」に向かう。

私はいつもここで、故郷の海の波の姿を思い描きながら、飽きずに眺め続けていた。

心は幼い女の子の頃に戻って。

「ホントだ。海みたいだね」

突然、隣で弾んだ声が上がった。そこにはいつのまにか、幼い男の子がいた。

「あなたは……誰？」

探されていると忠告を受けたばかりだ。子どもとはいえ、さすがに警戒してしまう。

「ボク？　ボクは、たくやだよ」

「たくや君？」

たくや君は、人懐っこい笑みを浮かべて、ためらいも見せず私の横に座った。

「……こんな時間に、一人で遊んでちゃダメじゃないの」

保護者が近くにいるようにも見えない。オフィスビルが密集する地域で、周囲に住宅などないはずなのに。

「だけど、お姉《ねえ》さんだって、子どもみたいだよ」

か。

心の奥底にいる、波を見つめ続けた幼い私。たくや君にはそれが見えているのだろう

「え……？」

「ほら、おっきな波が来るよ」

たくや君が、無邪気な声を発する。

目の前には、私のイメージをはるかに超える大波が迫っていた。

映画のスクリーンのようにヘッドライトの「波」を映し出していた隣のビルの壁が、遠く広がりを持った海原《うなばら》へと変わり、排気音は、十重《とえ》二十重《はたえ》に音を重ねる波音そのものだ。足元にぐずぐずと崩れ去る砂の感覚すらある。リアルすぎて却《かえ》って現実感のない、海そのものであった。

「おいでよ」

たくや君に導かれ、私は一歩ずつ足を踏み出した。波がくるぶしを洗い、服を濡らして、肩までを浸し、やがて、私のすべてが海に没した。現実ではないはずなのに、現実以上の「リアル」として、私の五感を支配する「海」。不思議と恐怖はなかった。海水はまるで羊水のように、私を優しく包み込む。

「大丈夫だよ」

私はたくや君に導かれ、海の底へと沈み込んでいった。

広大無辺な、生き物の姿すらない海だった。その蒼さは心の内側まで染み込むようだ。呼吸ができないこととは違う胸苦しさに襲われる。その胸の痛みには覚えがあった。幼い頃、誰にも思いを打ち明けられず、波の姿を眺め続けた世界の最果てのような場所で抱えていた思いと同じ……。

ここは、たくや君の心の内に広がる、孤独の海だった。

——寂しいの？

私は思わず、男の子に尋ねていた。

——寂しいって、なぁに？

たくや君が無邪気に尋ね返してくる。自らの孤独がつくり出した深い海の底にいながら、彼は自分の抱える寂しさを自覚していなかった。

私は「幼い私」に姿を変え、たくや君を抱き締めた。それはただ、互いの孤独を抱き締めていたのかもしれない。

足のつかない深い深い海へと、二人で沈み込む。

どちらが上か下かもわからない無重力のような「海」で、私は沈んでいるとも上昇しているともしれない、突き抜けるような浮遊感に満たされていた。

それは性的な高揚にも似ており、それをずっと幸福感に純化させた時間だった。不安も、不満も、恐怖も何もない。極上の「無」の世界で、私は幼い頃の姿になって、たくや君と笑い合っていた。

波は、引き潮のようにゆっくりと、私の感覚から遠ざかっていった。長い時間が経ったように思えたが、腕時計を見ると、ほんの数分の出来事でしかなかった。

「ボク、そろそろ行かなきゃ」

そう言って、周囲を見回すたくや君は、どこか大人びて見えた。

「気を付けてね。お姉さん、狙われてるよ」

「えっ？」

その言葉で、私は我に返った。

周囲には誰もいない。

今のいままで、あれだけリアルに存在した海もたくや君も、跡形もなく消え去っていた。

「たくや君……」

あの男の子は、いったい誰だったのだろう。

◇

通勤電車で職場に向かい、上司の性的な視線にさらされながら、命じられた仕事を淡々とこなす。仕事帰りにはペットショップに立ち寄って、檻の中の自由を謳歌する愛玩犬を眺め、時々、痴漢を撃退する。

変わりのない毎日が続く。

変わりがないとは、平穏な日常が続くという意味での安寧であり、逃れられないという意味での呪縛でもある。無音であり続けることが、人に騒音以上の焦燥を与えるのにも似て、私は、見えない静寂のような焦燥の中に立たされていたのかもしれない。

その日、私は上司に命じられて、会社から十分ほどの取引先に書類を届けに行くところだった。会社を出て、通りを歩きだした途端、私は気付いた。十メートル程後ろに、同じ距離を保ってぴったりとついてくる一人の男に。尾行というにはあまりにもあからさまに過ぎる。敢《あ》えて私に気付かせて反応を見るとでもいった態度だった。

足を速めようとして、私は立ち竦んだ。向かう先にも、私を監視するように立つ一人の男。そして、脇の路地にも一人。

――囲まれている……

逃げるしか選択肢はなかった。三人の男たちが、今ははっきりと私をターゲットとして、ゆっくりと包囲を狭めてくる。

ようやく気付く。それは最後の依頼で、私が尾行した男たちだった。

――どうしてばれたの？

尾行の際は、完璧に「姿」を隠していた。

だが、今は考えている暇はない。私は敢えて、裏通りに向かった。

土地というものの価値が際限なく上がり続けるという神話が崩壊した直後だった。都心にはあちこちに、鉄板で無造作に覆われた空き地があった。その一つの中に柵を越えて入り込む。今から突然、私の姿が消えてしまうことを、他の通行人に悟られないように。そして、こんな都会にいるはずのない動物がいるのを見咎められて、騒ぎにならないように。

——何がいいだろう?

悩む間もなく、すぐに心は決まる。すべての哺乳類の頂点に立つ、孤高にして絶対の「百獣の王」に。

久しぶりに、全力で動物の姿を「表に出す」機会だ。私はむしろ、少し興奮していた。遊園地で、初めて自分の心から動物を「表に出して」から、誰にも知られず、この「力」を磨いてきたのだから。

心の中にイメージを描き出す。ネコ科特有のしなやかで強靭な体軀。人などひと薙《な》ぎで八つ裂きにできる太い前足。躍動の強靭なバネを備えた後ろ足。孤高さと獰猛《どうもう》さとを秘めて、獲物を静かに見据える二つの眼。そして、象徴的なたてがみ……。

男たちの足音が近づいてきた時、私は「準備」を完了していた。

追ってきた男たちの前に、突然ライオンが出現し、牙をむいて襲いかかる。鉤爪《かぎづめ》のひと薙ぎで、人のやわな身体などずたずたに引き裂く巨大な前足が迫る。

追手たちは、まさかそんな猛獣をけしかけられるとは想像すらできず、腰を抜かして失神する……はずだった。

「なるほど。勢いはいい」

「表現力もまずまず、ですね」

「だが、動きは少々ぎこちない。あまり人に見せることを意識してこなかったせいかな」

まるで私の出現させた動物の「性能」をはかるように、三人は冷静にライオンを品定めしだす。毛ほどの動揺も示さない。

「さあ、もう追いかけっこは終わりだ。大人しく出てきなさい」

姿を消しているにもかかわらず、一人の男は、過たず私に視線を合わせてくる。

――いったい何者なの？

混乱する私に、男の一人が追い討ちをかける。

「君の行動は、すべてトレースしてきたよ」

「え？」

姿を消しているのに、思わず声を発してしまった。動揺してライオンの姿が薄れ、私の姿が浮かび上がった。男たちは、見慣れた光景だとばかりに、立ち竦む私に冷ややかな視線を注ぐ。

「君の会社、通勤路、自宅……。すべての行動を把握しているよ。君が顔の無い情報屋Yとして使っていたのと同じ方法でね」

「君は、自分と同じ力を、他人は使うことができないとでも思っているのかね」

忠告は正しかった。私はすでに、ずっと前から彼らに追われていた。会社の窓の外から見つめていたカラス。痴漢にお仕置きをした時のハト。そして探偵社に電話をした時の猫。かつて自分が使っていた手法で、私はいつのまにか監視されていたのだ。

初めて私は、同じ「力」の持ち主が、私以外にもいるという可能性に思い至った。力を知られている以上、脅しは通用しない。腕力では、男たちに抵抗できるはずもなかった。

逃げ場を求めて、闇雲に走り出した。男たちは、いずれ私を捕まえられると楽観しているのか、ゆっくりと追いかけてくる。その余裕こそが、彼らが絶対的な優位にあるということを伝える。

私が、彼らと対等に渡り合える場所はどこだろう？　追手の影におびえながら、必死に考える。

――あそこなら！

たった一つの可能性を信じて、私は走りだした。

◇

五分ほど駆け続け、目的地に辿り着いた。図書館だ。職員の眼を盗んで、裏手の書庫の中に入り込む。

「くそっ、閉架に入りやがった」

「ここじゃ、力は使えないぞ」

私を追って閉架書庫に入ってきたものの、追手たちは慌てているようだ。関係者以外立入禁止の場所だからというだけではない。何らかの恐怖を伴った躊躇《ちゅうちょ》が伝わってくる。

図書館実習の時に感じたように、ここには何かがいる。私が出現させる動物のように、存在としての実体は何もないにもかかわらず、確実に「いる」。不用意なことをしてはいけない。ここは、何かしら神聖な場所なのだ。それは私の力を封じるが、同時に、追手の力をも封じるはずだ。

私は逃げ場を探して、書庫の奥へ奥へと入り込んだ。

行き着いた先は、最奥の一つの扉。外部に通じるドアのようだ。一縷《いちる》の望みを託して、ノブを回す。鍵は閉まっていた。貴重な図書もおいてある閉架書庫だ。外部から出入りできる扉が、開け放たれているはずもない。

行き場を失い、私は扉を背にして立ち竦んだ。追手の三人の男が、私の前に立ち塞がる。

「手間をかけさせやがって」

「さあ、こっちに来てもらおうか」

「それにしても、この年齢まで、捕捉されずにいるとはね」

値踏みするような視線が、私を舐めまわす。怖気《おぞけ》だって鳥肌が立つ。彼らにとって私は、何らかの価値を持った「商品」であるかのようだ。捕まったら、どんな目に遭わされるかわからない。

その時、扉の外から、小さなノックが聞こえた。まるで私の心の奥の、人には決して触れることのできない内側を直接ノックするかのように、その音は私に呼びかける。

少しの躊躇ののち、扉を背にしたまま、ノックを返した。

その途端、周囲の本が、一斉に「飛び立った」。

――え？

まるで生き物のように、本はその硬い表紙を羽のように使って羽ばたく。閉架書庫の低い天井を一つの群れのように旋回して、離れた場所の空いている書架に、我先にと納まった。扉から少しでも離れようとするかのようだ。統一された意思を感じた。彼らを統率する「誰か」が指揮しているかのように。

飛び立ったのは、扉の周囲の本たちだけだった。危険を回避するような避け方だ。

「これは……」

「もしかして」

追手の男たちの慌てふためきようは、尋常ではなかった。それは、周囲の本たちに対してであり、同時に、私に対してでもあった。

「まさかこいつ、ここで『凍裂』をするつもりか？」

「『本を統《す》べる者』を怒らせたら、どうなるかわからん。逃げよう！」

男たちは、私が何らかの「力」を発揮しようとしていると思い込んでいる。捕獲など二の次とばかりに踵《きびす》を返し、閉架書庫の外へと駆け去っていった。

不穏な「力」。それは、扉の外と内、両方で感じた。二つの力が威嚇し合うような、一進一退の攻防の気配がせめぎ合う。危険を感じて、私もまた、飛び立った本たちと共に、扉の前から離れた。

それを見計らったように、外からの力が一方的に強まる。次の瞬間、何かが爆発し、扉は木っ端微塵《こ ぱ みじん》に吹き飛んだ。

身を伏せていた私は、恐る恐る顔を上げた。爆風の粉塵の中から現れたのは、一人の長身の男性だった。

「面白いですね」

彼の第一声は、およそ、その場の状況にそぐわなかった。しかもその声は平板過ぎて、本心から面白がっているようには聞こえなかった。

――なに、この人……

強烈な違和感だった。濃いサングラスをかけていて、表情は見通すことができないが、その姿は一般的な成人男性と何ら変わりはない。

それなのに、本能が警鐘を鳴らす。この世間とは相容《あいい》れない存在が平然と紛れ込んでいる。決してその本質を見破れないからこそ、違和感だけが強烈に湧き上がって消えない。

「すみません、お騒がせをしました」

騒動を詫びるように、彼が頭を下げる。私にではなく、閉架書庫の誰もいない空間に向けて。

「さて、行きましょうか」

まるで食事にでも誘うように気軽に言って、爆破された扉から外へと歩きだす。当然のように言われると、後に従わざるを得ない。何はともあれ彼は、窮地を救ってくれたのだ。

追われている私を気遣って速足になるでもなく、目的の場所があるようにも思えない。それでいて、まっすぐに迷いなく進み続ける。あらゆる意味で、現実感を伴わない「歩行」だった。

後ろを歩く私は、太陽を目指して歩くように、どれだけ追いかけても近づけないようなもどかしさを感じる。

「どうして私を……？」

「ペットショップで私の部下が犬の姿で表出訓練をしていた際、干渉してきた『力』を感じたと報告がありましてね。そこからあなたに辿り着いたということです」

ペットショップで、一瞬だけぼやけた仔犬の姿と、どこからか聞こえた舌打ちのことを思い出す。彼は、三人の追手とは別の形で、私を追っていたのだろうか？

「あなたの力の使い方では、すぐに『内側』が磨《す》り減ってしまいますよ」

「内側？」

何のことを言っているのかわからなかった。

「力の使い方を誤っては、あなた自身の『内側』が削られて、心に深刻なダメージを負いかねません」

この力を使うたびに、私が漠然と感じていた、自らが「削られていく」ような消耗感。それをズバリと言い当てられたような気がした。

「表出体は、あなた自身と切り離し、別箇の存在として動かさなければなりません。あなたはまだ、表出体に意識が残りすぎている。それではいつか、自我崩壊を起こしてしまいます」

彼は専門用語を交えて私にレクチャーする。

「あの本たちは、まるで生きているみたいでした。あれも、あなたが動かしたんですか？」

「あれは、本たちが危険を感じて、かつて空を自由に飛んでいた頃の『野性』を甦らせたのです」

まるで図書館の本が、飼いならされた鳥の一種でもあるかのようだ。

「図書館には、かつて、『本を統べる者』と呼ばれた存在の意識が眠り続けています」

「本を統べる者？」

「本を統べる者は、遥かな昔、たくさんの本を引き連れて、世界の空を回遊していました。人間は、『図書館』という安住の地を統べる者に与え、見返りとして本を手にして、知識を得ることができるようになったのです。図書館の本たちは、今は野性の血を鎮め、統べる者に護《まも》られて眠りについています」

荒唐無稽すぎる話だった。だが、私が閉架書庫にわけもなく感じた恐怖は、まさに図書館に、そうした存在が眠っている証《あかし》に他ならない。

「今回は、私が『力』を使ったことで、本に危険が及ぶと察して、統べる者が本の『野性』を一時的に目覚めさせ、退避させたのです」

彼が、誰もいない空間に向けて頭を下げた理由がわかった。

「それじゃあ、さっきの扉は、あなたが爆破したんですか？」

「凍裂という、表出力の応用技術です。自分自身と表出対象物との間に生じる表出波を扉の隙間に通して、一気に硬直化させます。それによって、扉を吹き飛ばしたのです」

「私以外にも、こんな力を持った人がいたなんて……」

ずっと自分を、コピーの「文字化け」のような異端の存在と思い込み、力を表沙汰にすることを封じてきた。だが、彼や追手たちの言葉からすると、私の力は異端ではなく、きちんとした技術であり、能力なのかもしれない。

「あなたにも、すぐにできるようになります。いえ……、嫌でも使わなければならなくなるでしょう」

「あの人たちは、いったい誰なんですか？」

「あなたのような力を持った表出者を捕まえる、捕獲者です」

「それならきちんと話してくれればいいのに。どうしてこんな、尾行して狩り立てるようなことを？」

「力を隠したまま、捕捉されずに大人になったということは、それだけ力の使い方が巧妙で、悪だくみに長《た》けているということです。捕獲者側が狩りのようにあなたを捕まえようとするのも、無理からぬことです。何しろ、しようと思えばいくらでも悪用できる力ですからね」

彼自身も、相手のやり口を肯定しているようで、私は少し憤る。

「それじゃあ、あなたはどうして、私を助けてくれるんですか？」

「助けるかどうかは、まだわかりませんよ」

図書館の正面玄関から、追手の男たちが走り出してきた。

「さて、これで追手も、本腰を入れてくるでしょうね」

◇

駐車場の一角で、男は立ち止まった。眼の前には、一台の車が止められていた。

「この車を借りましょう」

レンタカーでも借りるように気楽に言うが、どう見ても、誰かの所有する車だ。彼がキーを持っているはずもない。

彼は運転席の扉に手を伸ばす。力を加えた様子もなく、すぐさま鍵が開いた。始動も同様だ。彼が手をかざすと、キーもないのにすぐにエンジンがかかる。魔法でも見るようだ。

「いったい、何をしたんですか？」

「キーの穴の中に表出波を浸透させ、圧縮することで、即席のキーをつくり出しました」

今度は、「あなたにもできるようになります」とは言わない。もちろん、それが力の修練によってできることとは思えなかった。彼の力は、私とは別次元にあるのだろう。

「さて、行きましょうか」

駐車場を出ると、彼は躊躇なくスピードを上げた。周囲を走る他の車のことなど気にもかけていない。無人の荒野でも走っているかのようだ。

背後を振り返ると、追手の男たちが慌ててタクシーをつかまえ、車を追って来る。

「ここで、引き離しましょう」

彼はアクセルを踏み込んだ。眼の前には交差点が迫る。信号は赤だ。

「赤信号の交差点に進入します。横からの車がぶつからないように、相手の運転者に急ブレーキを踏ませてください」

「そんなこと、急に言われても……」

「一度だけ、やって見せます。確実に覚えてください」

彼は何の躊躇もなく、交差点に突っ込んだ。赤信号を無視して飛び出してくる車がい

ると は思わず、交差する道路の車は普段どおりのスピードで行き交っている。

私の座る助手席側に、赤いスポーツカーが迫る。逃げ場もなく、私は身を硬くして眼をつぶった。

けたたましいブレーキ音。次いで訪れる衝撃を覚悟して身を伏せたものの、一向にその瞬間は訪れない。恐る恐る眼を開けると、スポーツカーの前に巨大な一頭の象が立ち塞がっていた。ぎりぎりで確保された空間を縫うように走って、彼は交差点を突っ切った。

「一瞬で、象の姿を出現させたんですか？」

「出現させるというより、イメージそのものを、運転手に『あてる』と言った方が適切かもしれません。この場合は、表出の正確性はあまり必要ありません。あくまで瞬発力です。相手の運転手にイメージをぶつけるのです。これは、表出のスピード訓練としても打ってつけです」

あんなギリギリのカーアクションを繰り広げたのに、彼は退屈な映画でも観た後のようだ。冷静に解説しだす。

「あなたも、やってみてください」

「できるでしょうか？」

象のような巨大な存在を、一瞬で出現させた経験などなかった。

「できなかったら、死ぬだけですよ」

そっけなく言って、彼はアクセルを踏み込む。私の力を信頼しているわけでもないだろう。黒いサングラスは私を寄せ付けず、考えを読み取らせない。

彼はきっと、死とスレスレの逃走劇すら、退屈なドライブの余興ほどにしか思っていない。その危うさに惹き込まれそうになって、私は慌てて気を引き締め直す。

車はますます速度を増す。国道と交わる大きな交差点が迫っていた。

いつもなら、細かいイメージから動物の全体像を導き出すのだが、そんな悠長なことをやっている暇はない。私の中の象のイメージ。それを、工業用のレーザーカッターでも使ったように、一瞬で意識から切り出す。

「はっ！」

気合い一閃《いっせん》、私は巨大な象を出現させた。細部をまったく考慮せずにイメージ化した、四本の太い足と、長い鼻と大きな耳によって、かろうじて象の形だとわかる、灰色の物体でしかない。

だが、柳の枝の揺れを幽霊と見間違えるように、とっさの人の認識はきわめてあやふやだ。ダンプトラックが、けたたましいブレーキ音と共に寸前で止まった。

「次は左です」

「はいっ！」

矢継ぎ早に、私は象を出現させては消し、交差点を突破した。

◇

追手の乗るタクシーは、赤信号に阻まれて引き離された。このまま進めば完全に撒くことができるだろう。

「さて、だいぶ追手は離れてしまったようです。ここからは、あなた一人で切り抜けてください」

「え？」

彼はブレーキを踏み、路肩に車を止める。夕闇の迫る街に、私は下ろされた。

「私を、助けてくれたんじゃ……」

「あなたの力を見極めるべく、彼らは攻撃をしかけてくるでしょう。あなたは自分の力で、この場を収めなければなりません。頑張ってください」

励ましではなかった。そんな感情は持ち合わせていないだろう。だが今は、彼からそんな風に突き放されることで、プライドがむくむくと湧き上がる。今まで制御してきた自分の力。それをここでは何の躊躇もなく、全力で放つことができるのだ。

——何を「出す」か？

私は、そう考えて愕然とした。彼ら追手に、動物をいくら見せたところで何の効果もないのはすでに経験済みだ。脅しは効かない。

車を乗り捨てた彼は、腕組みをして退屈そうに壁に身をもたせる。

「面白くしてください」

彼にとっては、私の危機など、倦怠という砂漠の上を束の間《つかま》吹き渡る風のようなものでしかないのだろう。

「ヒントは、あげましたよ」

「ヒント？」

「あなたが勝つためのヒントです」

すぐに彼の姿が消え、音もなくコウモリが頭上を旋回しだす。私が決戦の場をどこに設定したとしても、追いかけて見届けるつもりだろう。

図書館の扉を破壊した力、そして車での逃走劇で彼が見せた力。それを応用して、私が優位に立てる場所……。自分の思惑どおりに事を運ぶために必要なものを探した。

——あそこだ！

道を挟んだ向かい側にある、ガソリンスタンドに向けて走りだす。軽トラックの荷台にガソリン携行缶を載せ、今にも車に乗り込もうとしている老人がいた。

——ごめんなさい！

私は心の中で謝って、老人の前に猛犬を出現させた。牙を剝《む》いて吠えかかる犬に恐れをなして、老人は車を離れて逃げ去った。キーは差したままだ。私は運転席に飛び乗り、車を発進させた。

アクセルを床まで踏み込んで、私は逃げる。もちろん、赤信号の突破方法はすでに習得済みだ。

交差点ごとに巻き起こるブレーキ音の悲鳴をものともせずに車を走らせ、目的地に辿り着く。階段を駆け上がった。

そこは、海が見たくなるたびに訪れていた、雑居ビルの屋上だった。

息を整える間もなく、追手が階段を駆け上がる音が迫る。

「ふう、手間をかけさせやがって」

「少し痛めつけないと、わからないようだな」

コウモリが、羽音も立てずに上空で旋回している。サングラスの男が、どこかで見ているはずだ。それは、決して私を安心させるものではなかった。だが今はそれよりも、彼を失望させたくない。

隣のビルの壁を照らし出しては消える車のヘッドライトに、神経を集中した。幼い頃から幾度となく繰り返してきたことだ。すぐに、それは完了した。

昇降口に立つ男たちの上に、「海の大波」が襲いかかる。

「なるほど、波のイメージか」

「動物が駄目なら……、ということだろうが。あいにくだな。こんなもので驚かせて、どうにかなると思っているのか」

「まあ、頑張った方じゃないか、はぐれ者なりに」

単なるイメージだけと侮る追手は、襲いかかる大波を避けようともしない。私は抵抗の手立てを失って、波を「消した」。

「ようやく、あきらめたようだな」

油断しきって、顔を見合わせて嗤《わら》い合う彼らの頭上に、「波」の飛沫《しぶき》が降り注いだ。

「なっ……、なんだこれは？」

不意打ちを食らった男たちは、自らを濡らす液体に狼狽している。

「この臭いは……ガソリンだ！」

私は軽トラックの荷台に載っていたガソリンの携行缶を屋上に持ち込み、彼らが追いつくまでに、昇降口の屋根の上に隠しておいた。波のイメージを出現させたのは、彼らを欺き、油断させるためのカムフラージュにすぎなかった。

「波」を消すと同時に、私はガソリン携行缶の中に瞬時に魚の姿をイメージした。見せるわけではないので、その姿は明確でなくてもいい。私が必要としているのは、「魚」と私とをつなぐ、イメージの「束」。それを一瞬で硬直化させた。その結果、ガソリンの携行缶は内部から吹き飛ばされ、中のガソリンが、男たちの頭上に降り注いだ。

サングラスの男が見せてくれた、扉の破壊。そして交差点での一瞬での象のイメージ化。その二つのヒントがあったからこその反撃だった。

「寒いでしょう？　火をお貸ししましょうか？」

私は優雅な手つきで、軽トラックのダッシュボードから拝借していたライターを取り出した。火を点《つ》けたまま彼らの足元に落とせば、三人とも火だるまになってしまうだろう。男たちは身動きもできずに凍りついた。

「ストップ！　どうやら、勝負あったようね」

凛《りん》とした声が響く。割って入るように屋上に立ったのは一人の女性。ＳＫエージェンシーの社長だ。人を率いることを宿命とした人物の声音だった。男たちは言葉に従ったが、心には不服を抱え、忌ま忌ましそうに私を睨み付ける。

「とっさにあんな方法を思いつくなんて、あなた、なかなかやるわね」

女性は、私の勝利に素直に賞賛を表した。部下がいいようにあしらわれたことなど、気にもかけていないようだ。

私はライターをバッグにしまった。それを見て、男の一人が、やにわに私の腕をつかんだ。

「ここまでコケにされちゃ、ただですますわけにはいかねえな」

男が私の腕をひねり上げる。

「やめなさい！」

女性が叫ぶのと、サングラスの男が「姿」を見せたのは同時だった。

「何だ、おまえ……」

男たちが振り向いた瞬間、もうそれは「出現」していた。

私たちは、彼の出現させた世界に放り出されていた。ほんの一瞬前までしっかりと踏みしめていた足元は支えを失う。重力による制御もなく、酸素のひとかけらもない、宇宙空間の只中だった。

もちろんそれがイメージだけで、人に直接的な危害を加え得るものではないことは、男たちもわかっているはずだ。理解しているにもかかわらず、理性や常識のすべてを超越して、現実そのものだと信じさせる。疑うことを許さない。

男たちは、逃げ場もなく真空に取り囲まれていた。呼吸もできず、酸素を求めてもがく。圧倒的なイメージが、どれだけ周囲に空気があっても、呼吸することを許さないのだ。私自身は、彼の力が一種のバリヤーとなって守っているからか、無様な姿を悠長に眺めていられる。

「すごい……」

ため息まじりの言葉が漏れる。技術や修練の差ではない。どれだけ望んでも決してつかめない力を、いともたやすく身に付ける者もいるのだということを、私は思い知らされた。

男たちを率いる女性もまた、宇宙空間に呑み込まれている。それなのに彼女は、すべてを委ねて漂うように穏やかな表情だ。私はその姿に直感した。彼女の、サングラスの男への絶対的な信頼がそうさせているのだと。

出現と同様、宇宙空間は一瞬で消え去った。サングラスの男は、退屈そうに壁にもたれ、腕を組んでいる。

真空に放り出されていた男たちは、尚《なお》もしばらく床の上でのたうちまわっていたが、やがて自らの周囲に空気があることを理解し、放心したように周囲を見回した。

「こんな……こんなはずは」

種も仕掛けも知り尽くした熟練手品師が、他人のイリュージョンにまんまと引っ掛かってしまったようなものだ。彼らのプライドはズタズタだろう。

「いい経験をしたわね」

女性は、そんな部下たちの様子に、満足しているかのように頷いた。

「覚えておくことね。世の中には、絶対に相手にしてはいけない存在がいるってことを」

「まさか、この男が……」

部下の男たちは、初めて何かの可能性に気付かされたかのように、愕然として眼を見開く。眼の前の男が、自分たちが太刀《たち》打ちできない相手だということを、身を以《もっ》て知ったはずだ。

「負けたわ。その子からは手を引く」

女性はサングラスの男に向き直り、降参だとばかりに肩をすくめた。

「次は、もっと面白くしてください」

敵対する立場とは思えないやり取りだ。まるで二人で示し合わせて、私を獲得するためのゲームでもしているかのように。

「あなた、これからもよろしくね」

女性は、私にウインクすると、男たちを率いて帰って行った。その場には、サングラスの男と私、二人だけが残された。

「あの……、ありがとうございい……」

「私の会社に来ませんか？」

私のお礼は、彼の言葉で遮られた。感謝されることになど、彼はまったく興味がないようだ。

「あなたの力を、活《い》かせる場所があります」

どうやら彼は、今の戦いぶりで私の力を見極め、同時に訓練していたようだ。私はお眼鏡《めがね》にかなったということだろう。

「私は、早川卓也《はやかわたくや》。あなたのような力を持った表出者を育て、この社会に活かす仕事をしています」

「たくや……？」

あの日、この場所で波をイメージした際に、私のそばにいた少年と同じ名前だ。だけど、あどけない男の子と、眼の前のサングラスをかけた長身の男とが、重なり合うはずもなかった。

「サングラスを、はずしてもらえますか？」

拒否されるかと思いきや、男は素直にサングラスをはずした。心を読み取ることを遠ざける黒い壁が消え去り、素顔が私の前に曝された。

「たくや……君」

確かに、幼い「たくや君」の面影があった。いや、そこにあるのはまさに、子どもの頃のままの純真すぎる瞳だった。

私は確信した。幼い「たくや君」は、彼自身が、自分自身の幼い頃の姿をイメージし、私の前に出現させていたのだと。

幼い頃のままの瞳は、純真さを失っていないためではないだろう。何ものによっても影響され得ない、絶対の存在だからこそ、彼は変化を受け入れない。

瞳の奥に、あの深い海と同じ、無辺の広がりを感じる。彼の内側に広がる広大すぎる孤独と虚無も理解できる。競い合える相手がいない絶対なる存在に、この世界での癒しなど存在しない。絶対的であるが故に、彼は自らを満たす孤独に気付くことはないのだろう。

「あなたが一緒なら、面白くなりそうです」

彼の言葉は、興味や興奮を自らに寄せ付ける風もなく、乾いていた。

彼にとっては、「面白さ」という束の間の茶番だけが、心を満たす唯一の、この世界に残り続ける意味なのかもしれない。面白くありさえすれば、たとえ破滅に向けての急降下ですら、ためらいという概念すら知らず、足を踏み出すのだろう。

私の本能が全力で拒否している。こんな男と一緒にいては、すぐに自分自身の心が磨り減ってしまうと。

――だけど……

彼の心の内の、広大無辺な孤独の海は、私を捉えて離さない。

そんな場所だからこそ、私の抱えた孤独や虚《むな》しさも、容易《たやす》く吸い込まれてしまう。そこにいる間は、私の孤独は羽を得ることができるかもしれない。

癒しようもない孤独の空に、私は閉じ込められたのだ。束縛すらされない檻の中に。

その「果て」に辿り着くまで、私は自分の孤独を、精いっぱい羽を広げて羽ばたかせ続けよう。

「私は日野原……日野原柚月です」

# 解説

大森 望

心の中でつくりだした（主に動物の）イメージを固定し、不特定多数の人間に見せて、本物だと思わせる特殊技能、「表出」。この力を持つ人間は〝表出者〟と呼ばれ、十万人にひとりしかいない。かつてこの国では、「表出」の軍事利用が検討され、表出者は軍の管理下に置かれて、本土決戦における隠し玉として育成されたという。だが、敗戦後は表出技術の民間利用が解禁になり、現在、表出者たちは企業に所属し、その力を使って活動している。主な業務は、動物のイメージをつくりだして客に見せること。

日野原柚月は、業界大手のハヤカワ・トータルプランニングに所属する、ベテランの女性表出者。きょうも動物園の檻《おり》の中でパイプ椅子にすわり、ライオンを「表出」する。

……というのが、この《日野原さん》シリーズの基本設定。一種の超能力ものと言えなくもないが、そこは三崎亜記作品らしく、物語は、毎回、いたって地味な日常から出発する。「表出」の手順が厳密にマニュアル化され、業務としてのノウハウが長年にわたって積み重ねられているというのも、じつに三崎亜記らしい。どんなに奇妙な現象も（あるいは、特殊な能力も変わった習慣も）、それが現実になってしまえば、研究されてシステムに組み込まれ、データが蓄積されて、やがて日常の一部になってゆく。その意味では、わたしたちが生きるこの世界とはすこしだけずれた並行世界を舞台とする、一風変わったお仕事小説と言うべきか。

奇妙な戦争が日常となったもうひとつの日本を描く『となり町戦争』でデビューして以来、三崎亜記はそういう〝日常化した非日常〟のリアルを書きつづけてきた。三十年に一度、ひとつの町で暮らす人々が一夜にして消滅する『失われた町』（および姉妹編の『海に沈んだ町』）や、戦後禁止されていた日本固有のスポーツ〝掃除〟が国家保安局の管理のもと高校の部活動として復活する《コロヨシ!!》シリーズなど、突拍子もない設定と凝りに凝ったルール設定が特徴。本書の「表出」に関しても、作中にしばしば引用される「表出マニュアル」を見ればわかるように、ものすごく綿密に考えられている。ありもしない仕事をこれだけもっともらしく、おもしろく見せられるのは、三崎亜記ならではだろう。超能力者が民間企業に所属して業務を請け負うというアイデア自体はそれほど珍しいものではなく、たとえばフィリップ・Ｋ・ディックの代表作『ユービック』とも共通するが、作品の方向性が百八十度違う。超能力ＳＦと会社員小説がごく自然に融合しているところに本書の（というか三崎亜記の）独自性がある。

さて、このあたりでシリーズの歩みをざっとふりかえっておくと、「表出」というモチーフをはじめて描いたのは、二〇〇五年に発表された短編「動物園」が最初。著者が作家デビューを飾った翌年、まだ市役所に勤めていた頃に書かれたこの小説が、日野原柚月の記念すべき初登場作だった。シリーズに属する短編は全部で五編。初出の順番に並べると、以下のようになる（各編の末尾に記したのは、作中の日野原さんの年齢）。

「動物園」小説すばる２００５年７月号（『バスジャック』所収）27歳
「図書館」小説すばる２００７年８月号（『廃墟建築士』所収）28歳
「研究所」小説すばる２０１１年11月号（本書所収）34歳
「遊園地」小説すばる２０１３年12月号〜２０１４年２月号（本書所収）39歳
「屋上の波音」小説すばる２０１５年４月号（本書所収／文庫版のみ）22歳？

ごらんのとおり、十年にわたってぽつぽつと書かれてきた、息の長いシリーズである。本書の親本にあたる単行本版の『手のひらの幻獣』は、以上の五編のうち、「研究所」と「遊園地」の中編二編を一冊にまとめたもので、二〇一五年三月にハードカバーで刊行された。この文庫版には、その二編にプラスして、いままで一度も書籍化されたことがなかった「屋上の波音」をボーナストラックとして初収録している。この短編は、

《日野原さん》シリーズの前日譚《たん》というか、エピソード0にあたる。〝社長〟との出会いとハヤカワ・トータルプランニング入社の経緯を描くと同時に、日野原さんの少女時代のエピソードも語られるので、ファンにはうれしいプレゼントだろう。

ここで、本書に収められていない二編について、未読の人のために、簡単に内容を紹介しておこう。

「動物園」は、ヒノヤマホウオウという七色の羽を持つ（作中世界では実在する）希少な鳥を表出するため、日野原さんがある地方都市の動物園を訪れるところから始まる。この時点の日野原さんは、ハヤカワ・トータルプランニングに入社して六年。彼女にとっては慣れた日常業務だが、動物園側にとって、表出者を呼ぶのはこれが初めて。最初はふつうの動物で実力を見せてほしいと言われたため、初日はシマウマ、二日目はフタコブラクダを表出して信用を得る。このとき知り合う五十歳過ぎの飼育係が、緑の長靴と腰のタオルがトレードマークの野崎さん。最初のうちは、「この園で勝手な真似はさせんから」と頑《かたく》なな態度を見せるが、日野原さんの仕事ぶりを目のあたりにして信頼を寄せるようになる。野崎さんは本書収録の「遊園地」に再登場するが、もうひとり、動物園に毎日やってくる女の子、ゆみちゃんも、のちのちこのシリーズで重要な役割を果たすことになる。

つづく「図書館」では、日野原柚月は、夜間開館業務のため、地方のある図書館を訪れる。この世界の書物はもともと「本を統べる者」に率いられて世界の空を飛びまわっていたが、今から八百年ほど前、狩猟者を逃れて、建物の中に囲い込まれ「図書館」の名で呼ばれるようになった。しかし「図書館」はまだ完全に野性を失ってしまったわけではなく、人間がだれもいなくなる深夜には野性をとりもどす。その彼らを「表出」の技術を使って少しずつ人間に慣れさせて、来館者の前で飛翔するように訓練すること――それを「調教」と呼んでいる。この作品ではじめて登場するのが、図書館の総務部に所属する三十代の職員、高畑（のちにハヤカワ・トータルプランニングに入社する）。本書収録の「研究所」でも語られるとおり、やがて彼が原因で大きな事件が起きる。

この二編は、本書の内容にも大きく関わっているが、必要な情報は本書収録作の中で要領よく説明されるので、未読でも（あるいは忘れていても）本書を楽しむのにとくに問題はないが、読まずにいるのはもったいない。日野原さんの物語は、本書で一段落し、その後、新しい作品は書かれていないので、本書を読み終えてから、『バスジャック』や『廃墟建築士』を手にとって、二十代の日野原さんに接してみてほしい。

それにしても、この日野原柚月という印象的なキャラクターは、いったいどこからどうして生まれたのか。

著者は『手のひらの幻獣』の単行本刊行時に、「日野原さんのこと」と題するエッセイを発表している〈青春と読書〉二〇一五年四月号)。それによると、表出者という設定は、作家業の投影だったらしい。一部を抜粋して、以下に引用する。

彼女の物語を書き始めたのは、『となり町戦争』が作者の予想を超えてヒットし、「さあ、早く二冊目の単行本を!」と編集者に急かされていた頃だ。「作家デビュー」というスポットライトの当たった、きらびやかな「夢」の時間は束の間、それが日常になってしまえば、私は大勢いる作家の末端の一人でしかなくなった。覆い隠されていた「兼業作家」や「文才」や「締め切り」という「現実」が、ぼんやりと浮かび上がってきた時期だった。

脳内のイメージの世界を、「本」という形で実在化させる作家という存在も、ある意味、日野原さんと同じような特殊な力を持っていると言えるかもしれない。世間からは華やかな職業と思われがちな「作家センセー」だが、実際の生活はひたすらに孤独で地道だ。小説の中でどんなに主人公が活躍しようが、パソコンの前に何時間も座り込んで唸っているばかりなんだから。私は彼女の生きる姿に仮託して、自分の「作家として生きてゆくこと」を見つめていたのかもしれない。

つまり日野原さんは、著者の分身のような存在だと言ってもいいだろう。日野原さんが表出者になってからの十年余の歳月は、三崎亜記がデビューしてからの十年余に重なる。同じエッセイの中で、著者は、このシリーズの大きなテーマのひとつが「束縛」であることを明かし、現代を生きる閉塞感を動物園の「檻」になぞらえて、だれもがその「檻」から逃れられないが、〝それでも、「檻」があるからこそ、人は隔てられた先を望むことができるし、「檻」の中だからこそ、自分がちっぽけで何の力もないことを自覚し、恐る恐るでも外へと一歩を踏み出すことができる〟と書いている。エッセイの最後は、以下のように結ばれている。

……十年間の私の、迷いと諦めと倦怠、そしてかすかな希望と確かな喜びの日々が、彼女の物語の結末へとつながった。

この先、彼女がどんな道を歩んでいくかは、作者は関知しない。ゴールはない。延々と続く階段の、途中から途中までだ。作家の人生も、日野原さんの人生も、そして読者それぞれの人生も。

そう、著者が力強く語るとおり、人生にも、小説にも、ゴールは存在しない。そして、日野原さんの物語にはここでひと区切りがついたとしても、本書のページを開けば（あるいは『バスジャック』や『廃墟建築士』を手にとれば）いつでも日野原さんに再会できるし、読者には彼女の〝その後〟に思いを馳せる特権がある。人生のどこかの時期で出会った大切な人のことを思い出すように、この先も長く、折に触れて（あるいは三崎亜記の新作を読むたびに）彼女のことを思い出すだろう。そんな気がしている。

最後に、三崎亜記のこれまでの著書を、単行本刊行順にまとめてみた。今後の読書の参考になればさいわいです。

1『となり町戦争』２００５年1月、集英社↓２００６年12月、集英社文庫
2『バスジャック』２００５年11月、集英社↓２００８年11月、集英社文庫　※短編集
3『失われた町』２００６年11月、集英社↓２００９年11月、集英社文庫
4『鼓笛隊の襲来』２００８年3月、光文社↓２０１１年2月、集英社文庫　※短編集
5『廃墟建築士』２００９年1月、集英社↓２０１２年9月、集英社文庫　※短編集
6『刻まれない明日』２００９年7月、祥伝社↓２０１３年3月、祥伝社文庫　※3の姉妹編
7『コロヨシ!!』２０１０年2月、角川書店↓２０１１年12月、角川文庫
8『海に沈んだ町』２０１１年1月、朝日新聞出版↓２０１４年2月、朝日文庫　※短

編集
9『決起！　コロヨシ!!　2』2012年1月、角川書店→『決起！　コロヨシ!!　2』『終舞！　コロヨシ!!　3』2015年2月、角川文庫　※7の続編（分冊・改題して文庫化）
10『逆回りのお散歩』2012年11月、集英社→2015年11月、集英社文庫　※表題作に「戦争研修」（1の姉妹編）を併録
11『玉磨き』2013年2月、幻冬舎→2016年6月、幻冬舎文庫　※短編集
12『ミサキア記のタダシガ記』2013年6月、角川書店　※エッセイ集
13『ターミナルタウン』2014年1月、文藝春秋→2016年10月、文春文庫
14『手のひらの幻獣』2015年3月、集英社→2018年3月、集英社文庫　※本書
15『ニセモノの妻』2016年4月、新潮社
16『メビウス・ファクトリー』2016年8月、集英社
17『チェーン・ピープル』2017年4月、幻冬舎

（おおもり・のぞみ　書評家）

集英社文庫

手《て》のひらの幻獣《げんじゅう》

2018年3月25日　第1刷　　定価はカバーに表示してあります。

著　者　三崎亜記《みさきあき》

発行者　村田登志江

発行所　株式会社　集英社
東京都千代田区一ツ橋2-5-10　〒101-8050
電話　【編集部】03-3230-6095
【読者係】03-3230-6080
【販売部】03-3230-6393（書店専用）

印　刷　凸版印刷株式会社

製　本　凸版印刷株式会社

フォーマットデザイン　アリヤマデザインストア　　マークデザイン　居山浩二


ISBN978-4-08-745714-8 C0193